상의원

상의원

남도현 글

차례

1. 곤룡포의 두 남자

여느 날과 달리 저잣거리에는 활기가 넘쳤다. 선왕이 승하하신 지 어언 삼 년. 가라앉은 도성 안 분위기에도 새로운 기운이 조금씩 감돌기 시작했다. 그러나 시전 거리를 오가는 사람들의 옷차림은 여전히 투박하고 칙칙했다. 관복을 차려입은 열댓 명 남짓한 무리가 면포, 면주, 모시와 삼베 등 각종 옷감을 취급하는 전이 몰려 있는 시전 거리를 헤치며 빠르게 이동했다. 관복으로 봐서 이들은 궁에서 나온 대전내관들과 무관들임을 어렵잖게 알 수 있었다. 점포 앞에서 서성거리며 물건을 고르거나 한가롭게 농담을 주고받던 사람들은 흰 관복을 입은 이들의 모습에 적잖이 긴장한 듯했다. 전 안에서 흐트러진 물건들을 어루만지며 진열하던 눈치 빠른 장사치들은 어명이 내린 분위기를 감지한 듯 매대 앞에 서 있는 손님들에게 길을 터주라는 손짓을 했다. 무관들의 기세에 눌린 사람들은 이들이 지나쳐 가자 삼삼오오 모여 수군거렸다. 바닥에서 흙먼지가 일자 코끝에 콧물이 달린 조무래기들은 모처럼 구경거리가 생겨 즐거운 얼굴로 무관들의 걸음새를 흉내 내며 뒤를 쫓아갔다. 대전내관들은 탈이라도 쓴 듯 무표정했다.

이들이 도착한 곳은 비단이 진열된 큰 점포 앞이었다. 점포 안에는 주로 도류문단이나 수진을 비롯해 용포를 만드는 데 쓰는 운문한단까지 고급 비단이 가지런히 진열되어 있었다. 도성 밖에서는 쉽게 볼 수조차 없는 수입 비단들도 다양하게 구비되어 있었다. 평범한 양반집이라면 엄두조차 낼 수 없는 값비싼 비단들이었다. 진열대 앞에서 질 좋은 비단을 만지며 군침을 흘리던 몇몇 여인은 관복을 입은 사내들의 출현에 안색이 능금빛으로 바뀌었다. 무리에 있던 건장한 체격의 무관 하나가 전 안으로 들어서더니 물품이 차곡차곡 진열된 매대 옆의 문을 열었다. 그 틈새로 마당의 모습이 보였다. 그가 손짓을 하자 전 밖의 대전내관들과 무관들은 잰걸음으로 마당 안으로 들어섰다. 이들이 대열을 정비하자 마치 장정에게 어린아이의 옷을 입힌 것 같은 모습이었다. 대전내관 하나가 대열 앞으로 나서더니 방을 향해 큰 소리로 외쳤다.

"어침장 조돌석은 어명을 받으라."

대전내관의 목소리가 떨어지기 무섭게 방문이 열리는가 싶더니 한 사내가 쏜살같이 밖으로 튀어나왔다. 아담한 체구의 사내는 마당에 깔린 멍석 위에 무릎을 꿇고 앉았다. 사내의 미간은 주름이 깊게 파여 있는 데다 이마까지 좁아 꽤 고집스러운 인상을 풍겼다. 가늘고 깊은 눈과 작은 입술은 머리 위의 중갓과 어울려 어딘가 모르게 집요한 분위기가 감돌았다. 삼베 두루마기를 입은 채 어명을 기다리는 사내의 표정에는 긴장감이 역력했다. 흰 융복을 입은 건장한 무관들이 비켜서며 길을 열자, 흰 관복을 입은 대전내관 하나가 사내 앞으로 다가섰다. 그는 손에 든 두루마리를 펼치고 낭랑한 목소리로 어명을 하사했다.

"어침장 조돌석은 속히 의관을 정비하여 입궐하라는 주상 전하의 하명이오!"

사내는 어명을 받자 자리에서 일어나 자세를 바로잡고 궐 쪽을 향해 큰절을 올렸다. 멍석을 짚은 사내의 두 손은 마치 사냥꾼의 손처럼 온갖 종류의 상처를 진열해놓은 것만 같았다. 날카로운 것에 찔린 상처, 뜨거운 무엇엔가 덴 자국, 크게 찢어진 흉터와 굵은 손마디는 사내의 인생 이력의 어떤 부분을 가감 없이 드러내고 있었다.

어침장.

사내는 조선의 어침장이었다. 왕의 의대를 짓고 궐 안에 필요한 의복을 시기와 상황에 맞게 조달하는 일은 생각처럼 호락호락하지 않았다. 특히 예를 국가운영의 원리로 삼은 조선에서 복식은 의례와 떼려야 뗄 수 없는 한 몸이었다. 궐 안에는 새로운 생명의 탄생과 성장, 혼인과 즉위, 죽음과 같은 특별한 계기마다 법도에 맞게 치러야 할 큰 행사들이 있었다. 그에 따라 필요한 복식 또한 다를 수밖에 없었다. 탄생과 혼인, 즉위 등이 동쪽의 뜨는 해라면 죽음은 서쪽으로 기운 해나 다름없었다. 더할 나위 없이 화려한 동편의 행사보다 엄숙하고 비통한 서편의 예법이 훨씬 까다롭고 복잡했다. 궐의 중심인 왕의 승하는 궐 안팎에 화산이 폭발한 것 같은 충격을 주었다. 선왕의 승하 후 이어졌던 까다로운 국상의 제반 의식에서 어침장 돌석은 맡은 역할을 무리 없이 해냈다.

선왕이 승하한 지 삼 년. 이제 왕은 상복을 벗고 곤룡포로 갈아입어야 할 시점을 맞이했다. 주상전하의 하명은 곤룡포와 더불어 당상관 이상의 대신들에게 하사할 관복을 지어 올리라는 내용이었다. 이는 생각보다 만만치 않은 작업이었다. 돌석의 머릿속은 어명에 따른 전체 작업 과정이 큼직하게 나뉘어 바쁘게 돌아가기 시작했다. 옷감의 양을 비롯해 작업 공정의 배분과 그에 따른 상의원 내의 인원 배치까지, 관복 제작에 필요한 기본 사항들은 어느 정도 윤곽이 잡혔다. 돌석은 전장에서 적을 눈앞에 두고 칼자루를 쥔 것처럼 양손에 힘이 들어갔다. 장수는 환도로 적장의 목을 날려 공을 세우지만 어침장은 두 치 바늘로 궐에 필요한 의대를 지어 명성을 얻는 존재였다. 천하를 호령하는 주상도 곤룡포를 걸쳐야 비로소 왕의 체통을 지킬 수 있었다. 이것이 바로 예법을 중시하는 조선의 법도였다. 돌석은 서둘러 입궐을 준비했다. 돌석의 점포가 있는 육의전에서 상의원이 있는 창덕궁까지는 그리 멀지 않았다. 돌석은 필요한 몇 가지 물품을 챙겨 점포 문을 나섰다.

"입궐하시옵니까?"

심부름 보냈던 도제(徒弟) 대길이 돌아와 있었다.

"어명일세. 자세한 이야기는 나중에 하고, 자넨, 전을 좀 보게나."

돌석의 발걸음은 자신도 모르게 조금씩 빨라지고 있었다. 두 뺨을 스치는 바람은 궐로 안내하는 궁녀의 손길 같았다. 한 걸음 두 걸음 내딛을 때마다 돌석은 새롭게 열리는 세상을 향해 다가가는 기분이 들어 상쾌했다. 어느새 돈화문 앞에 다다랐다. 돌석은 아랫배에 힘을 주고 가슴을 편 후에 갓 끝을 조금씩 움직여 바로잡았다. 같은 하늘 아래지만 궐문 안과 궐문 밖은 전혀 다른 세상이었다. 그럼에도 두 세상을 넘나들 수 있는 자신의 처지를 생각하면 어깨가 으쓱했다. 신분이 천했지만 그런 높은 벽을 넘어 궐문 안의 세계를 엿볼 수 있었던 것은 두 치도 되지 않는 바늘과 상처투성이인 두 손 덕분이었다. 오랜 세월 드나들었지만 돈화문을 지날 때마다 돌석은 늘 조심스러웠다. 그는 돈화문을 지나자 방향을 오른쪽으로 틀어 교자고(轎子庫)로 발걸음을 옮겼다. 상의원 마당에 서 있는 높은 장대들이 출정 깃발이 올라가기를 기다리는 깃대처럼 보였다. 하늘을 찌를 듯 높이 선 수많은 장대를 보자 좋은 비단들을 염색해 장대에 널고 싶은 의욕이 솟구쳐 올랐다.

돌석은 심호흡을 하며 상의원 안으로 들어섰다. 이곳은 왕실의 의대 제작을 비롯해 다종다기한 귀중품을 궐에 공급하는 역할을 맡고 있었다. 이런 기능으로 상의원은 왕을 비롯한 궐 내부의 핵심과 직접 연결되었고, 일의 성격상 왕실의 공적 영역과 사적 영역을 넘나들어야만 했다. 돌석은 이런 상의원에서 어침장이라는 중차대한 역할을 맡고 있었다. 상의원을 총괄하는 수장은 제조였지만 제조는 상의원 전체의 관리를 담당했다. 장인과 침선비들을 지도해서 의복을 생산하는 일은 어침장 몫이었다. 돌석이 바늘을 손에 쥔 지도 어느덧 삼십 년이었다. 공방 안에서 잠시 생각을 가다듬던 돌석이 밖으로 나오자 작업에 몰두하던 마흔 명 정도의 장인과 침선비들은 일제히 자리에서 일어나 돌석을 향해 머리를 조아렸다. 돌석은 먹이를 노리는 매처럼 날카로운 시선으로 그들을 바라보며 입을 열었다.

"전하께서 대신들에게 새 관복을 하사하실 터이니, 만반의 준비를 갖추도록 하거라."

어침장의 짧고 절도 있는 지시를 경청하던 바느질쟁이들은 다시 작업을 시작했다.

상의원에는 옷감을 짜는 제직에 종사하는 이가 가장 많았다. 그렇게 만들어진 천을 손질하거나 복식을 제작하는 이들이 그다음으로 많았다. 실제로 이 두 가지가 상의원 본령의 일이라 해도 과언이 아니었다. 여기에 무기, 금은보화, 가죽과 모피, 신발, 관모, 마구, 빗처럼 의복에 연관된 장식이나 물건들을 만드는 장인들이 있었다. 돌석은 이 모든 영역의 특징을 낱낱이 꿰고 있었고 다른 한편으로 궐의 예법에도 비교적 밝은 편이었다. 돌석의 성격은 원래 꼼꼼했지만 상의원 업무의 특성 탓에 병적인 치밀함이 몸에 배어 있었다. 게다가 오랜 궐 생활로 지극히 조심스러웠고 꽤 과묵한 편이었다. 돌석은 뒷짐을 지고 서서 묵묵히 상의원 내부를 찬찬히 살펴보았다. 늘 봐왔던 익숙한 작업장의 풍경이었지만 이날만큼은 괜스레 낯설게 느껴지며 가슴속 한 구석이 울컥했다.

'이곳은 이제 선왕대의 상의원이 아니다.'

돌석의 입에서 자신도 모르게 혼잣말이 새어 나왔다. 선대의 왕에게서 돌석은 성은이라 할 만한 대우를 받은 터였다. 그러나 완전히 새로운 세계가 열릴 채비를 끝낸 상황이었다. 돌석 또한 새로운 세계를 기꺼이 받아들일 마음의 자세를 갖춰야만 했다. 돌석은 잠시 선대왕의 용안을 떠올리며 상의원 밖으로 나섰다.

응봉 위의 태양은 인정전을 덮고 있는 거대한 기와지붕을 밝게 비췄다. 궐의 중심인 인정전의 주인이 본격적으로 움직일 채비를 하는 중이었다. 주인이 움직일 준비를 하자 궐 안은 쇠심줄을 당긴 듯 팽팽한 기운이 감돌았다. 바람이 한껏 차올라 거대한 군선의 돛을 밀듯 인정전으로 스며든 강한 기운은 문밖으로 나가 궁 전체로 퍼졌다. 궁 안을 오가는 사람들의 눈빛도 찬 이슬을 머금은 듯 반짝였다. 대신들은 삼삼오오 짝을 지어 여기저기서 쑥군거렸고 궁녀들의 움직임도 기민해졌다. 바야흐로 새로운 시대가 시작되고 있었다. 상의원에서 대전으로 향하는 돌석의 걸음걸이에도 힘이 실려 있었다. 돌석과 나란히 서서 걷는 제조 영감과 종칠품 말단 관리자인 직장 판수의 표정도 밝았다. 그들 뒤로 백의를 입은 무관들이 열을 지어 따르고 있었다.

"문제없겠지?"

제조는 걸음을 옮기며 다소 긴장된 얼굴로 돌석을 보았다.

"준비에 만전을 기했사옵니다."

"하긴, 워낙 빈틈이 없으니… 자네만 믿네." 입가의 미세한 근육은 어느새 풀려 있었다.

흰 관복을 입은 대신들이 정좌하고 있는 널따란 대전은 마치 흰 점들로 수놓은 커다란 보처럼 보였다. 대전 한쪽에 설치된 장막 안에서 왕은 내관들의 도움을 받아 쓰고 있던 흰 굴건을 벗었다. 굴건은 용상으로 가는 관문을 닫아 걸은 순백의 빗장이나 다름없었다. 얼마나 길고 지루한 나날을 보내야 했던가. 지난 삼 년간은 세상의 시간을 엿가락처럼 늘려놓은 듯했다. 자고 일어나면 시간의 끝은 조금씩 멀어져만 갔다. 왕은 삼 년이 채 지나기도 전에 기다림에 지쳐 쓰러질 것만 같았다. 마침내 빗장이 풀리자 왕은 목을 조이던 칼을 풀고 탈옥한 죄수처럼 홀가분한 기분이 들었다. 내관들이 몸에 걸친 상복을 벗겨내자 왕은 온몸을 감싸고 있던 딱딱한 허물을 벗어던진 것 같았다.

"후우." 후련한 한숨이 새어나왔다.

용포가 양어깨에서 발끝을 향해 펼쳐졌다. 왕은 용포의 둥근 깃이 목덜미에 닿자 예리한 비수가 스치기라도 한 듯 서늘한 느낌이 들었다. 대홍색의 화려한 외피는 정갈한 남색의 안감과 조화를 이루며 왕의 몸을 감싸고 들었다. 왕을 상징하는 다섯 마리의 용이 양어깨에 자리를 틀고 앉았다. 천군만마라도 얻은 것 같은 강한 자신감이 목덜미를 타고 오르자 왕은 자신도 모르게 혼잣말을 했다.

'이것이 정녕 용포란 말인가.'

왕은 믿기지 않는 듯 시선을 내리깔고 흉배에 새겨진 오조룡을 뚫어지게 보았다. 내관들이 허리에 옥대를 채우자 용포와 몸이 밀착되어 하나가 된 듯 기분이 상쾌했다. 삼 년간 육식을 금했지만 용포를 걸친 것만으로도 두 다리에 강한 힘이 실리는 것 같았다. 갑자기 눈시울이 뜨거워졌다. 눈앞을 가렸던 장막이 걷히고 나자 맹인이 산신령의 계시를 받아 눈을 뜬 것처럼 환해졌다. 눈앞의 사물들이 또렷하게 시야에 들어오자 굵은 사내의 목소리가 내전을 울렸다.

"국상도 끝나고 이제 전하께서 상복을 벗고 곤룡포를 입게 되신 것을 경하드리옵니다."

병판이 목청을 뽑아 인사치레를 하자, 좌중의 모든 대신이 앵무새처럼 병판의 말을 따라 외쳤다. 대전 안에 대신들의 목소리가 울려 퍼지면서 무겁게 가라앉았던 분위기에도 활기가 도는 듯했다.

"……"

왕은 대답을 미룬 채 땡감이라도 씹은 듯한 얼굴로 대신들을 찬찬히 내려다보았다. 돌석은 왕의 뒤에 서서 옷매무새를 바로 잡아주었다.

"경하라니요…."

왕은 짐짓 정색을 하며 말끝을 돌렸다.

"어침장은 그동안 회춘이라도 하셨소?" 왕이 돌석을 바라보며 농을 건넸다. "국상 중에 몰래 장가라도 드셨나보우?"

"소신…." 돌석은 당황해 말을 잇지 못했다.

"반갑다는 말일세." 왕은 조심스럽게 신발을 신기려는 돌석에게 한마디 툭 던지고는 버선발로 용상에 앉았다.

순간, 대전에는 정적이 흘렀다. 예기치 못한 왕의 돌발 행동에 대신들은 머리를 조아린 채 옆 사람의 눈치를 슬금슬금 살폈다. 대신들의 어깨는 물 먹은 솜을 얹어놓은 듯 무거워 보였다. 왕은 용상에 앉아 슬쩍슬쩍 움직이며 몸에 전해지는 용상의 감촉을 확인하는 듯 느긋한 표정으로 대신들을 내려다보았다. 왕의 발밑이 인간의 자리라면 용상은 신의 자리였다. 왕은 용상에 앉자 세상만사를 꿰뚫어볼 수 있을 것 같았다. 실로 감개무량했다. 궐에서 삼십여 년의 세월을 보냈지만 이토록 황홀한 순간은 없었다. 왕의 시선은 대신들을 향하고 있었지만 그의 시야에는 아무것도 들어오지 않았다. 단지 짜릿한 전율만이 온몸을 타고 돌았다.

"형님께서 돌아가신 지 벌써 삼 년이 되었구려." 하교를 기다리고 있는 대신들의 눈빛을 바라보며 왕이 말을 꺼냈다. "내 비록 그대들의 거듭된 간청에 못 이겨 왕위에 오르기는 하였으나 마음은 여전히 무겁소이다."

왕의 말이 끝나자 대전내관이 내관들에게 눈짓을 보냈다. 내관들은 귀중한 물건을 다루듯 침착하게 왕의 발에서 버선을 벗겼다.

"전하, 금일 버선은 어찌하올지." 대전내관이 물었다.

왕은 유독 안광이 날카로워 주위 신하들을 압도하는 영의정을 흘끔 바라보았다.

"음, 그래… 선왕께서 총애하시던 우리 영상에게 내리는 것이 어떻겠느냐?"

"성은이… 망극하옵니다. 전하." 영의정의 목소리는 건조하게 갈라졌다.

내관은 단에서 내려가 영의정 앞에 버선을 가지런히 놓아두었다.

"오랫동안 나라의 대사를 치르느라 모두 수고하였소." 왕은 담담하게 의례적인 말투로 대신들을 치하했다. "오늘 과인 혼자만 새 옷을 입기가 민망해서 대신들에게도 관복을 한 벌씩 내릴까 하니, 어침장이 좀 수고하도록 하게."

"성은이 망극하옵나이다." 대신들은 일제히 고개를 숙였다.

"아뢰옵기 황공하오나…" 영의정은 낮게 헛기침을 하며 아뢰었다. "전하께서 아직 후사를 보지 못하시어 백성의 근심이 날로 깊어가고 있사옵니다. 외람되오나 왕통을 잇기 위해서는 세손을 생산하지 못하는 중전을 폐위하시고 새로이 계비를 간택하시어 후사를 도모하는 편이….”

“아, 그러고 보니 짐이 깜빡할 뻔 했소.” 왕은 영의정의 말을 단칼에 잘랐다.

곤룡포를 입은 첫날 폐위 운운하는 영의정의 태도가 제법 당돌했으나 왕의 모습에는 오히려 여유로움이 흘렀다. “어침장은 잊지 말고 중전에게도 당의를 한 벌 지어 올리도록 하라. 아주 고운 천으로 말일세….” 왕은 비릿한 미소를 지으며 차분하게 명했다.

“예, 전하.”

돌석은 허리를 굽혔다. 영의정과 대신들은 머리를 조아린 채 서로 의미 있는 눈빛을 주고받았다. 왕은 대신들을 물리고 혼자가 되자 고즈넉이 용상을 바라보았다. 누구도 넘봐서는 안 될 자리였다. 짐짓 모른 체했지만 대신들 사이에서 오가는 눈빛이 예사롭지 않았다. 특히 영의정의 고양이 같은 눈빛은 생선 가시가 목에 걸린 것 같은 불쾌함을 주었다. 왕은 궐 안의 생활을 통해 절실하게 깨달은 믿음이 있었다. 그것은 왕의 자리가 그냥 주어지는 것이 아니라 싸워서 지켜야 하는 자리라는 사실이었다. 왕은 용상에서 왼쪽으로 한 걸음 비껴 서보았다. 용상의 뒤에 세워진 병풍의 그림이 눈에 들어왔다. 해와 달, 강인해 보이는 다섯 봉우리가 그려진 일월오봉도였다. 왕의 자리는 천지신명이 뒤를 받치는 자리인 것이다. 용상에 왕이 앉을 때라야 비로소 일월오봉도는 완성된 모양새가 될 터였다. 왕은 상념에 젖기라도 한 듯 용상에 몸을 깊숙이 파묻고 두 눈을 살며시 감았다.

2. 취향루의 밤과 낮

은은한 달빛이 취향루의 청사초롱에서 흘러나오는 화려한 불빛과 어울려 농염한 분위기를 자아냈다. 기생들의 교태 섞인 웃음소리가 취향루의 담장을 넘어 밤하늘로 솟아올랐다. 취향루 주변에서 국상의 흔적을 찾기란 모래밭에서 소금 고르기였다. 조선이 예법을 중시하는 나라지만 삼 년 동안 매사에 신경을 곤두세우며 근신하는 것은 힘든 일이었다. 이는 왕에게 국한된 상황만은 아니었다. 궁의 법도에 늘 신경 써야 하는 상의원의 제조나 돌석에게도 부담스럽기는 매한가지였다. 두 사람 모두 내놓고 말은 안 했지만 국상이 끝나기를 학수고대했다. 돌석은 무탈하게 국상이 끝난 데다 왕이 곤룡포를 입자 앓던 이가 빠진 것처럼 시원했다. 큰일이 일단락된 만큼 돌석은 퇴청 후에 밀린 잠이나 청할 생각이었다.

중천에 걸렸던 해가 뉘엿뉘엿 기울자 눈치 빠른 판수는 제조를 앞세우고 돌석의 팔을 잡아끌었다. 판수는 제조를 보좌하며 수족 노릇을 했는데 오지랖이 넓고 한량기가 넘쳤다. 날이 날이었던 만큼 제조는 판수의 제안을 흔쾌히 받아들여 취향루로 향했던 것이다. 취향루는 한양 최고의 기방으로 명성이 자자한 곳이었다.

"오늘 정말 고생 많았네." 제조는 돌석에게 치하의 말을 건네며 만족스러운 미소를 지었다. "전하께서 용포를 상당히 맘에 들어 하시는 눈치야." 제조는 평소와 달리 단숨에 술잔을 비웠다.

"……"

돌석은 말없이 고개만 끄덕였다.

"자, 어침장께서도 제 술 한잔 받으시지요?"

판수가 술을 권하자 돌석은 잠시 눈을 깜빡이더니 천천히 술잔을 집어 들었다.

도성 안에는 사대부들 사이에서 평판이 좋은 여러 기방이 있었다. 그중에서도 취향루는 권세깨나 있는 양반들이 즐겨 찾는 곳이었다. 취향루 기생들의 여색이 출중하다는 소문이 궐을 드나드는 대신들 사이에 자자했다. 술을 좀처럼 입에 대지 않는 돌석도 취향루의 이름만큼은 기억하고 있었다.

판수가 술잔을 채우는 사이에 방문이 열리더니 기생 몇이 들어왔다. 눈치를 주고받던 이들은 사내들 사이사이에 끼어 앉았다. 돌석은 의대를 짓는 일의 특성상 수많은 여인의 모습을 봐왔다. 그런 그의 까다로운 눈에도 기생들의 자태는 그야말로 최상이었다. 미색이 흐르는 기생들 사이에 낀 돌석의 모습은 까마귀 무리에 홀로 앉은 백로처럼 어색해 보였다. 판수는 돌석과 달리

한껏 홍이 올라 있었다.

"오래 기다리셨지요."

옆에 앉은 기생이 말을 건네자 돌석의 어깨는 죄라도 지은 사람마냥 잔뜩 움츠러들었다.

"자, 자. 제대로 한잔 마셔보자고요." 판수가 신이 나서 목소리를 높였다. "제가, 오늘, 어침장을 위해 특별한 아이들을 대기시켰답니다." 판수는 생색을 내며 돌석의 얼굴을 살피듯 바라보았다.

"소인, 미뤄놓은 급한 일이 있어 먼저 좀 일어나겠습니다." 돌석은 제조에게 정중하게 인사를 건네고 판수의 눈을 지그시 바라보았다.

"아이, 거, 오늘 같은 날은 그냥 회포 좀 푸시지요. 제가 산다지 않습니까."

판수는 개똥이라도 밟은 듯한 표정이었다.

"마음만 받겠습니다. 그럼 소인은 이만…" 돌석은 인사를 마치기가 무섭게 문밖으로 나섰다.

"거, 뭐하는 게냐. 술잔을 채우지 않고." 술잔을 단숨에 비운 판수는 옆에 앉은 기생에게 핀잔을 주었다.

판수와 돌석 모두 상의원에서 일하지만 두 사람은 물과 기름처럼 늘 겉돌곤 했다. 판수는 돌석이 천한 바느질쟁이 주제에 자신과 품계가 같은 데다 어침장이라고 어깨에 힘을 주는 모습이 늘 꼴사나웠다.

"저치는, 뭐가 저리 고고한 겝니까. 특별한 날이라 생각해서 자리를 만들었더니, 완전 안하무인 아닙니까. 솔직히 선왕 때야 그렇다고 쳐요. 주상전하는 다른 대신들은 싹 다 물갈이하시고 저 사람은 왜 남겨두신 겝니까."

제조에게 볼멘소리를 해대는 판수의 얼굴은 붉게 달아올라 있었다.

"상놈인 주제에 같은 품계라 배알이라도 꼴리는 겐가?"

제조는 짐짓 판수의 불평에 동조했으나 만면에 미소를 머금고 있었다.

"이제 일 년만 더 채우면 종육품으로 출륙(出六)까지 한다지 않습니까." 판수의 언성이 높아졌다. "출륙이 뭡니까? 진짜 양반이 된다는 거 아닙니까. 이게 말이 됩니까? 감히 글도 모르는 놈이."

"전하께서 총애하시니 어찌하겠는가." 제조는 판수를 차분하게 다독였다.

"전하는 왜 그자를 총애하는 겝니까? 이유를 정말 알 수가 없습니다."

"어허, 이 사람. 큰일 날 소리를 하고 그러나."

판수가 분을 삭이려고 술을 들이켜자 기생이 주전자를 집어 들었다. 판수는 술잔을 든 손의 길게 늘어진 소매를 집안의 가보처럼 조심스럽게 부여잡았다.

"어허, 거 조심들 좀 해라, 이게 뭔지 알기나 하느냐? 명품! 명

나라 출신 장인이 한 땀 한 땀 공들여 지은 명품이라 부르는 것이니라."

판수의 말에 기생들은 까르르 웃음을 터트렸다.

"영감님들, 오랜만에 오셨네요." 취향루에서도 미색으로 손꼽히는 홍옥이 술자리에 끼어들었다. 홍옥의 옷태를 보자, 제조는 입속에 머금고 있던 술을 내뿜었다.

"이거, 명품인데…." 판수는 소태라도 씹은 듯한 얼굴로 옷에 묻은 술을 털어냈다.

"어허, 도대체 이… 어찌 이런 망측한…." 홍옥의 옷을 쳐다보는 제조는 여인의 속살이라도 훔쳐본 듯한 표정을 지었다.

"무릇 여인네의 저고리라 하면 단정히 몸을 가리도록 되어 있거늘…."

혀를 끌끌 차면서도 제조의 시선은 여전히 홍옥의 치마에 머물러 있었다.

"아. 왜 그러십니까. 이래서 취향루가 좋은 거 아닙니까. 허허허허."

판수는 흐뭇한 얼굴로 홍옥의 가슴골을 바라보았다.

"어머, 여기 먼지가."

홍옥은 콧소리를 내며 팔을 들었다. 홍옥의 섬섬옥수는 제조의 갓을 가리키는가 싶더니 갓 위의 먼지를 톡톡 털어냈다. 갓이 흔들릴 때마다 홍옥의 팔 밑으로 드러난 하얀 속살이 잔물결처럼 일렁거렸다. 제조는 연신 숨을 몰아쉬며 눈을 깜빡였다. 제조가 강조했던 법도는 한 뼘 저고리에 감싸인 채 어느새 사라져버렸다. 궐의 궁녀나 사대부 부인들의 의복과는 달리 기생의 옷은 어느 정도 멋 부림이 허용되었다. 허나 홍옥의 옷은 그런 기준과는 애초부터 태생이 달랐다. 제조는 마음이 다소 진정되었는지 호기심 어린 눈길로 홍옥의 옷태를 지긋이 살폈다. 제조의 시선은 이윽고 옷깃에 새겨진 고사리 문양에 가 닿았다.

"또 공진이란 놈이 만든 옷인 게냐?" 제조의 얼굴을 바라보던 판수가 홍옥에게 물었다.

"그렇사옵니다." 홍옥은 판수의 잔에 술을 채웠다.

그때였다. 갑자기 우당탕하는 소리가 방 안을 흔들었다. 안에 있던 이들은 모두 깜짝 놀라 눈이 휘둥그레졌다. 한 사내가 쏜살같이 방으로 뛰어들었다. 그는 기녀들의 옷을 지어주며 취향루에 얹혀 사는 공진이었다. 흰 얼굴에 선해 보이는 인상이 우악스러운 저잣거리의 사내들과는 사뭇 다른 분위기를 풍기고 있었다. 그런 그가 누구에겐가 쫓기기라도 하는지, 술상의 끝을 집더니 강한 파도가 나룻배를 집어삼키듯 뒤엎어버렸다. 그러자 술상 위의 갖은 안주들이 판수의 옷 위로 쏟아졌다. 판수는 영락없이 오물을 뒤집어쓴 장돌뱅이 행색이 되었다. 판수는 홍당무처럼 붉어진 얼굴로 사내를 노려보았다. 공진은 그의 시선 따위는 아랑곳하지 않고 문밖의 기색을 살폈다. 이어 두 명의 사내가 방 안으로 들이닥치자 공진은 긴 머리를 휘날리며 잽싸게 몸을 돌리더니 밖으로 튀어나갔다.

취향루는 최고라는 명성이 따라다니는 기방인 만큼 인간 군상의 내밀한 욕망을 확인할 수 있는 장소였다. 이곳에서 예의 화신이어야 할 궐의 대신들과 권문세가의 사대부들은 술과 여색을 탐하며 거추장스러운 장식을 걷어내곤 했다. 취향루는 유교적 질서와는 멀리 동떨어진 별천지였다. 세상은 예를 기준으로 돌았고 그 정점에 궐이 있었다. 취향루는 욕망의 수레바퀴를 따라 돌았고 그 중심에는 월향이 있었다. 월향은 사내들의 속성을 냉정하게 꿰뚫어보며 수레바퀴가 물레방아처럼 돌아가도록 뭇 사내들의 본성을 어루만져주었다. 이런 점이 세간에서 최고 소리를 듣는 사내들을 무장해제시킨 월향만의 비결이었다. 월향은 예의 세계에서 출세한 사내들이 하나같이 무례하다는 사실을 경험을 통해 잘 알고 있었다. 그런 탓일까. 월향은 공진에게는 한없이 너그러웠다. 그에게서는 뭇 사내들에게서 맡을 수 없는 풋풋한 풀 냄새가 났다. 공진 또한 월향의 너그러움을 스스럼없이 받아들였다. 오갈 데 없는 공진은 월향의 호의로 취향루 별채에 방 하나를 얻어 바느질 방 겸 거처로 쓰고 있었다. 천성적으로 놀기를 좋아하는 데다 옷 짓기에 재주가 뛰어난 공진에게 취향루 별채는 그야말로 실과 바늘처럼 잘 맞았다. 게다가 방 한가운데 창살문이 있어 앞쪽은 바느질 방으로 쓰고, 뒤쪽은 잠을 자는 내실로 쓸 수 있었다. 마당은 볕이 잘 들어 옷감을 널고 말리기에도 딱 좋았다.

월향의 치마 안에서 무언가 움직이는가 싶더니 공진의 머리가 치마 밖으로 튀어나왔다. 공진은 일어서서 월향의 겉치마를 이리저리 살펴보았다. 능숙한 손길로 치마 끝을 잡는가 싶더니 겉치마를 바닥에 펼쳐놓았다. 공진은 가위를 집어 치마를 거침없이 잘라내기 시작했다.

"지난밤엔 대체 무슨 일이 있었던 겝니까." 월향은 곰방대를 입에 물며 공진의 얼굴을 바라보았다.

"천하의 취향루가 난장판이 되지 않았습니까." 월향은 공진의 얼굴을 향해 담배 연기를 살짝 불었다.

"무슨 일이었냐고?"

공진은 곰방대를 뺏어 한 모금 들이켰다.

"그 집 막내 처자가 몰래라도 내가 만든 의복을 입고 싶다 해서 그런 건데… 그렇다고 여기까지 쳐들어올지 누가 알았겠나."

공진은 민첩한 손놀림으로 바느질을 하며 눈을 찡긋거렸다. 공진은 눈이 크고 콧날이 오뚝하게 선 미남이었다. 짙은 눈썹 아래 검은 눈동자는 이슬을 머금은 듯 깊고 촉촉해 어딘지 모르게 우수 어린 분위기를 자아냈다. 선해 보이는 인상과 달리 공진의 두 손은 상처투성이였다. 왼손의 찔리고 베인 상처 자국들은 오른손의 부풀어 오른 흉터와 서로 경쟁이라도 하는 듯 보였다.

"정말 옷 때문이옵니까? 소문을 듣자하니 얼마 전엔 북촌 박대감 외동따님의 머리까지 올려 주셨다던데, 그것도 숲 속에서 말입니다… 호호호호호."

월향은 장난기 어린 눈길로 공진을 바라보며 웃음을 터트렸다.

"이러다 도성 내에 남아나는 처녀가 없어 왕비마마까지 탐하시겠습니다…."

"왕비? 그깟 할망구를 뭐 하러, 젊은 후궁이면 몰라도." 공진은 심드렁하게 받아쳤다.

"할망구라니요? 이제 겨우 스물을 넘기신 분한테, 게다가 아직 사내 맛을 모르는 숫처녀라 하옵니다."

바느질을 마무리한 공진은 작은 인두를 꺼내 촛불에 달구기 시작했다.

"푸하하하! 숫처녀? 왕비 얼굴이 썩은 곶감이라도 된단 말이냐?"

"아닙니다. 들리는 소문엔 양귀비 뺨치는 자색이랍니다."

"양귀비 뺨치는 왕비라…."

공진은 인두로 옷깃에 작은 고사리 문양을 새겨 넣었다. 완성된 옷을 살피는 공진의 표정은 강보에 싸인 갓난아이를 바라보듯 흐뭇해 보였다. 그는 옷을 허공에 활짝 펼치더니 월향의 무릎에 던졌다.

"깽값으로 치거라!"

월향은 무릎 위의 옷을 집어 눈높이로 들어보았다. 치마는 어느새 바지로 바뀌어 있었다. 한 번도 보지 못했던 새로운 모양의 옷을 보자 기분이 흐뭇했다. 월향은 공진이 지은 옷을 입기 시작한 후로 늘 그의 옷을 고집했다. 공진의 옷을 입기 전에는 시전에서 유명하다는 장인들의 옷을 주문해 입었다. 시전 장인들의 옷은 좋은 재료들을 사용해서 옷값은 했지만 몸에 딱 맞는다는 느낌은 없었다. 그러나 공진이 만든 옷은 입자 마자 묘하게 마음이 설레었다. 첫사랑을 만났을 때와 비슷한 느낌이었다. 공진의 손을 볼 때마다, 월향은 저리 험하게 생긴 손에서 어찌 이런 설렘을 지어내는지 신기할 따름이었다.

공진은 눈을 찡긋하고 월향의 방을 나서더니 대청마루에 쭈그리고 앉아 부서진 문을 살피기 시작했다. 그러자 몇몇 기생 아이들이 기다렸다는 듯 공진의 옆에 서서 농을 걸었다. 부서진 문의 모양새는 간밤의 절박했던 순간을 증언이라도 하듯 살이 모두 부러져 있었다. 강한 충격에 갈비뼈가 모두 내려앉은 몰골이었다. 그러나 부러진 문살을 제외하면 취향루의 낮은 한가롭기 그지없었다. 따스한 햇살이 대청마루를 비추고 있는 데다 살랑살랑 기분 좋은 바람이 불어 낮잠이라도 청하기에 제격인 날씨였다. 공진은 한가로운 낮 시간을 이용해 기녀들의 옷을 짓곤 했다. 그래서 낮 시간대의 취향루 뒷마당은 옷 때문에 들락거리는 여인들로 붐비곤 했다.

그때였다. 한 사내가 쑥스러운 표정으로 공진 곁으로 다가섰다.

공진은 판수를 넌지시 바라보았다.

"낮술 드시러 온 것 같진 않고… 왜? 첩년 옷 한 벌 해주시게?"

기녀들이 까르르 웃음을 터트렸다.

"내 그… 도포 하나 맞춰보려고 그러네. 하는 김에 관복도 좀 고쳤으면 좋겠고."

공진은 한 손으로 턱을 받치고 판수의 하반신에 시선을 고정했다.

"설마… 내시?"

뜻밖의 말에 기녀들은 눈을 동그랗게 뜨고 판수의 아랫도리 쪽을 빤히 바라보았다. 공진은 옆에 늘어선 기생들의 엉덩이를 치면서 말을 꺼냈다.

"보시다시피 난, 요런 것들 옷이나 만드는 몸이어서."

"내 잘 알지, 그러지 말고 손 좀 봐주면 안 되겠나? 뭐랄까, 조금 다르게 보이게 말일세."

판수는 부유한 양반집 출신에 과거에도 급제한 인물이었건만, 사흘이 멀다 하고 취향루에 드나들 정도로 주색을 가까이 했다.

"다르게… 다르게라… 다르게?"

공진은 장난기 가득한 얼굴로 판수의 손을 부여잡고 홍옥의 방으로 들어갔다. 머리 손질을 하던 홍옥은 깜짝 놀라 머릿기름이 든 유병을 떨어뜨렸다.

"기척도 없이 무슨 일이십니까."

홍옥은 눈을 흘기며 공진을 바라보았다.

"자, 여기 한번 서보시게."

공진은 판수를 방 한가운데 똑바로 세웠다. 공진은 팔짱을 낀 채 고개를 좌우로 움직이며 판수의 몸을 살피기 시작했다. 공진의 눈동자는 전장의 척후병처럼 빠르게 움직였다. 앞모습을 꼼꼼히 살핀 공진은 판수의 등 뒤에 서서 뒷모습을 위아래로 훑어보았다. 공진은 날렵한 손놀림으로 관복의 이곳저곳을 잡아 당겼다 놓았다 하면서 눈대중을 하더니 빠른 속도로 가봉을 해 나갔다. 순식간에 가봉을 끝낸 공진은 관복의 넓은 소매를 조용히 바라보다 가위로 거침없이 잘라냈다.

"이거, 명품일세. 조심 좀 하게."

판수는 살이 베인 듯한 표정을 지었다.

"쯧쯧쯧… 천만 좋으면 뭐하나, 사람과 맞아떨어져야 옷인 게지." 공진이 덧붙였다. "웃기지 않소? 사람의 키와 체격이 천차만별인데 관복의 크기는 하나뿐이란 게."

공진의 표정은 사뭇 진지했다.

"머리도 큰 데다 어깨까지 좁으니…."

공진은 말끝을 흐리더니 홍옥의 봉긋 솟은 가슴을 바라보며 손을 내밀었다. 홍옥은 진간장초라도 마신 것처럼 표정이 변했다. 공진이 내민 손을 흔들자 홍옥은 가슴에서 작고 둥근 모양의 두툼한 천을 꺼내 공진에게 건넸다. 공진은 천을 판수의 양어깨 위에 밀어 넣고 만지작거리며 형태를 잡았다. 판수는 영문을 몰라 고개를 좌우로 돌리며 양어깨를 번갈아 바라보았다. 명색이 상의원 소속이지만 본적이 없는 기법이었다.

"봉(峰)이란 거요." 공진은 대단한 비밀이라도 알려주는 듯한 표정으로 말했다. "벽에 인절미 하나 붙은 것 같은 가슴을 북한산 봉우리마냥 불룩 솟게 하니, 봉이 아님 뭐겠소, 허허허."

"아아, 그 보옹 말인가!" 그제야 판수는 고개를 끄덕였다.

납작해진 홍옥의 가슴을 보고 판수는 떨떠름한 표정을 지었다. 홍옥은 판수의 눈길을 외면한 채 길게 늘어진 저고리의 옷고름을 만지작거렸다. 공진은 작은 인두를 들고 옷깃에 고사리 문양을 새겨 넣었다.

"그 모양이 도대체 무언가?" 판수는 궁금한 듯 물었다.

"보면 모르오. 고사리 아니오? 흔하디 흔해 발에 밟히는 것이 우리네 신세와 비슷하지 않겠소." 공진은 사뭇 진지하게 대답했다.

"자, 똑바로 서보시오."

판수는 옆에 선 홍옥보다 키가 작았다.

"음…."

잠시 생각하더니 공진은 남은 천을 몇 차례 접어 두툼하게 만든 다음 단단히 꿰맸다. 그러고는 밖으로 나가 댓돌 위에 벗어놓은 판수의 신을 집어 들고 안에 그 천 조각을 집어넣고 꼼꼼히 바느질을 했다.

"자, 이제 마당으로 내려서 보시지요. 키가 한, 두 치쯤 커질 게요."

판수의 키는 홍옥과 비슷해 보였다.

"와, 사람이 달라 보이십니다."

홍옥은 콧소리를 내며 판수의 가슴을 손끝으로 살짝 건드렸다. 홍옥의 말에 판수는 입꼬리가 귀에 걸릴 기세였다. 관복을 고쳐 입은 데다 키까지 커 보이니 판수의 모습은 위엄 있고 세련되어 보였다. 판수는 제조영감을 만나기 위해 취향루에서 나와 궐로 향했다. 관복이 몸에 착 달라붙은 것 같아 발걸음이 가벼웠다.

'보기에 좋은 옷이 입기에도 편한 게로군.'

돈화문을 지나자 낯익은 얼굴들이 보이기 시작했다.

"안녕하신가."

"자네, 뭐 좋은 일이라도 있는가?"

오랜 벗인 양현고의 황 직장이었다.

"그게 무슨 말씀이신가?"

판수는 의아하다는 표정을 지었다.

"자네한테서 왠지 광채가 나는 것 같아서 말이야."

황 직장은 눈에 힘을 주고 고개를 갸우뚱거리며 판수의 관복을 유심히 살폈다.

"아, 이 사람, 남세스럽게 뭘 그리 살피는가."

"주변을 좀 둘러보시게. 같은 관복인데, 자네만 유독 눈에 띄지 않는가."

"자네답지 않게, 농담을 하고 그러는가."

"내, 농담하는 것처럼 보이는가. 담에 만나면 비결 좀 알려주시게나."

황 직장은 인정전 방향으로 걸어가며 손을 흔들었다.

판수는 황 직장의 놀라는 눈빛을 보자 왠지 으쓱했다. 생각했던 대로 공진의 손재주는 여인들의 의대에서만 빛을 발하는 것이 아니었다. 비록 여성의 의대에 비해 화려함은 덜하지만 남자들의 의대도 공진의 손길을 거치면 새롭게 변모했다. 판수는 공진이 가진 자질을 간파한 것 같아 뿌듯한 느낌이 들었다. 공진과 더불어 일할 방법을 찾아야겠다는 생각이 판수의 뇌리를 불현듯 스치고 지나갔다.

3. 면복을 구하라

따스한 햇살이 처마 사이를 굴러 대조전 안으로 흘러들었다. 궁녀들의 도움으로 남색 당의를 걸친 여인의 자태는 부용지의 학처럼 고고했다. 갸름한 얼굴은 목둘레의 깃보다도 희고 절도 있었다. 가느다란 눈썹과 붉은 입술이 여인의 모습에 우아함을 더했다. 구중심처(九重深處)라는 궁 안에서도 그 중심에 있지만 밖으로는 그 존재가 잘 드러나지 않는 곳이 중궁전이었다. 여인의 모습은 보는 이로 하여금 중궁전을 바로 떠올리게 할 정도로 단아한 가운데 쉽게 접근할 수 없는 위엄이 서려 있었다. 왕비는 눈부시게 아름다웠지만 언뜻 언뜻 얼굴에 그늘이 드리웠다. 비록 미세한 표정의 변화였지만 빼어난 미모 탓에 그림자의 잔영은 더 깊게 느껴졌다.

왕은 앞에 놓인 많은 어려움을 힘들게 헤쳐가며 권좌에 오를 수 있었다. 그 과정에서 왕이 겪는 마음고생을 왕비는 늘 한 발짝 물러선 채 바라만 봐야 했다. 백짓장도 맞들면 나을 텐데 어찌 된 일인지 왕은 왕비를 동반자로 대하지 않았다. 왕비는 하늘의 별을 보듯 왕을 바라보려 했다. 그러나 왕은 좀처럼 왕비에게 눈길을 주지 않았다. 왕비는 이런 왕의 태도가 못내 서운했다. 왕과의 혼례가 안으로 조금씩 타들어 가는 마음의 고통이 시작되는 출발점일 줄은 상상조차 할 수 없었다. 왕의 싸늘한 태도는 왕비의 고운 얼굴에서 싱그러운 표정을 조금씩 빼앗아갔다. 그러나 정치적 음모와 소문이 판을 치는 궁 안에서 왕비는 속내를 터놓고 이야기할 만한 사람이 없었다. 그저 아픈 마음을 내색하지 않고 안으로 삭일 뿐이었다.

"그간, 수고가 많으셨습니다. 전하께 고맙다고 전해주세요." 왕비는 돌석에게 일전에 하사받은 당의에 대한 감사의 인사를 전했다. "부탁드린 건, 가지고 오셨는지요?"

왕비의 말이 끝나자 돌석은 차분한 손길로 왕의 면복을 정성스럽게 펼쳐놓았다. 왕비는 섬섬옥수로 해진 구장(九章)의 끝을 조심스럽게 어루만졌다.

"소신이 하여도 되옵사온데…."

돌석은 비록 작은 수선이었지만 왕의 의대를 왕비에게 맡기는 것이 내심 불안했다.

"전하께서 새 옷을 내려주셨는데, 저 역시 뭐라도 해드려야지요."

왕비는 면복을 옆으로 밀어놓으며 작지만 단호한 목소리로 말했다.

"대신들 관복을 만드느라 바쁠 터인데, 내, 궁녀 아이들에게 맡기겠습니다."

왕비는 돌석의 불안해하는 기색을 눈치챘지만 짐짓 모른 체 하며 돌석을 물리쳤다. 그리고 침방 궁녀들에게 특별히 서둘러 작업할 것을 명했다. 동빙고의 얼음장처럼 싸늘해진 왕의 마음을 녹이기 위해 왕비는 여러 방법을 계속 시도해왔다. 대조전에서 지내는 시간이 길어질수록 왕비의 심적 부담은 하루하루 커져만 갔다. 대조라는 말처럼 대조전은 왕업을 계승할 왕자가 탄생해야 할 공간이었다. 그러나 왕비는 왕조의 대를 이어갈 왕자의 출산과는 연이 없었다. 무엇보다 왕이 문제였다. 왕은 가례식 당일 밤에도 중전을 찾지 않았고 그런 상황은 계속 이어지고 있었다.

새벽녘, 침방에서 한바탕 소란이 있었다. 새벽까지 용포의 구장을 손보던 침방 궁녀 하나가 어이없는 실수를 하고 말았다. 꾸벅꾸벅 졸며 바느질하던 어린 궁녀는 비몽사몽 간에 옆에 있던 촛대를 건드렸다. 쓰러진 촛대는 실 뭉치로 옮겨붙더니 불길은 주변의 옷감을 태우며 순식간에 방 안으로 번졌다. 당황한 궁녀들이 불을 끄려고 우왕좌왕하는 통에 의대 틀에 걸어놓았던 왕의 면복에까지 불이 붙었다. 면복 근처에 있던 나이 든 궁녀가 침착하게 대응했기에 그나마 면복에 붙은 불을 빨리 끌 수 있었다. 간밤의 상황을 전해 듣고 상의원에 들어선 왕비의 낯빛은 어두웠다. 왕비는 멍한 눈길로 의대 틀에 걸린 면복을 한동안 바라보았다. 면복은 두 팔이 잘려 몸통만 앙상하게 남은 갑옷처럼 처량해 보였다. 제조와 돌석은 고개를 숙이고 조심스럽게 왕비의 표정을 살피고 있었다.

"죽여주시옵소서, 마마."

어린 유월의 눈에서 닭똥 같은 눈물이 떨어졌다.

"죽여주시옵소서!"

침방 궁녀들도 일제히 머리를 조아렸다.

"너희에게 무슨 죄가 있겠느냐. 다 전하에게 환심을 사고자 무리하게 일을 시킨 나의 죄지…."

왕비는 자책하며 해결책을 묻는 얼굴로 돌석을 바라보았다.

"송구하옵니다만, 주상전하의 의대는 국법이 정한 예법에 따라 길일을 택해 제를 올린 후에야 지을 수 있사옵니다. 소신, 내일까지는 도저히…."

돌석은 깊이 허리를 숙였다.

"이렇게 간청해도… 그래도 아니 되겠습니까?"

돌석의 얼굴은 돌로 만든 불상처럼 아무런 변화가 없었다.

"송구하옵니다만, 신에게 한 가지 방도가 있사온데…."

뒤에서 상황을 지켜보던 판수가 눈치를 보며 입을 열었다.

"궐 밖에 솜씨 좋은 침선비가 한 사람 있사온데, 그 자라면 능히 해낼 수 있을 듯하옵니다."

"좋습니다. 그리 한번 해보시지요."

왕비는 반신반의하는 표정으로 천천히 고개를 끄덕였다. 다른 방도를 찾을 시간적인 여유가 없는 왕비로서는 지푸라기라도 잡는 심정으로 판수의 제안을 허락했다.

판수는 무관 셋을 대동하고 재빨리 취향루를 향해 출발했다. 다행스럽게도 공진은 취향루의 뒷마당에 있었다. 판수와 무관들은 술병을 옆에 두고 평상에 앉아 있는 공진에게 다가갔다. 공진은 술잔을 입으로 가져가려다 판수 뒤의 무관들에게 시선을 고정했다. 그들의 등장이 전혀 납득가지 않는다는 표정을 지었다. 평상 한쪽 구석에 엉덩이를 반쯤 붙이고 앉아 있던 월향의 얼굴도 공진과 별반 다르지 않았다.

"뭐, 나한테 볼일이라도 있는 게요?" 공진은 귀찮은 듯 심드렁하게 물으며 잔 속의 술을 털어 넣었다.

"볼일이고 뭐고, 큰일 났네. 어서 입궐하세나."

"입궐? 아니, 내가 뭐 얻어먹을 일이 있다고 대궐에 가자는 게요?"

"어명일세. 급히 자네 도움이 필요하네."

"……"

공진은 대답 대신 술을 한잔 더 마셨다.

"이봐, 어명이라니까! 자네 어명이 뭔지 모르는 겐가?"

"에에, 난 무식해서 그런 거 모르오."

공진은 술기운 탓인지, 갑자기 자리에서 일어나 바닥에 떨어져 있던 제기를 주워 차기 시작했다.

"……"

그때였다. 무관들은 번개처럼 환도를 뽑아 공진의 목을 겨눴다. 서늘한 칼끝의 감촉이 공진의 목덜미로 전해졌다. 공진과는 달리 무관들의 눈에서는 불꽃이 튀었다.

"천둥벌거숭이 같은 놈, 아직도 사태 파악을 못 하는 게냐. 추상같은 어명 앞에서 네놈 목숨은 파리 목숨만도 못하다는 걸 모르느냐?"

판수는 눈에 힘을 잔뜩 주고 윽박질렀다.

"아, 난 그런 거 몰라. 그럼, 칼도 뽑은 김에 아예 목을 베시든가."

"아, 이런 망나니 같은 놈." 판수의 입에서 욕이 튀어나왔다.

"재미 삼아 가보시지요. 이럴 때 아니면 언제 대궐 구경을 하시겠습니까?" 공진이 시퍼런 칼날 앞에서도 막무가내로 고집을 부리자, 눈치 빠른 월향이 공진을 살살 달랬다.

"그래, 부탁 좀 하자. 지금 중전마마께서 몹시 곤란한 지경에 빠지셨다니까!"

중전마마라는 말에 흐릿했던 공진의 눈빛이 반딧불처럼 반짝 빛났다.

"지금… 왕비라고 했수?" 공진이 확인하듯 물었다.

"그래, 중전마마라니까."

"좋소."

공진의 말이 떨어지기가 무섭게 판수는 공진의 손을 덥석 잡고는 부랴부랴 자리를 떴다.

"대체 무슨 일이오?" 판수의 손에 이끌려 취향루를 나서며 공진이 물었다.

"진작 그럴 것이지… 전하의 면복이 불에 타버렸네. 시간이 없어. 어서 그걸 손봐야 해."

"네에?"

"시간이 촉박하지만, 자네라면 할 수 있을 게야."

판수가 공진의 어깨를 툭툭 쳤다. 두 사람은 쫓기듯 서둘러 궐을 향해 발걸음을 옮겼다.

금천교를 지날 때의 떠들썩했던 분위기는 상의원 근처로 접어들자 사라졌다. 간간이 부는 바람 탓에 옷감을 말리기 위해 세워놓은 장대에서 삐걱거리는 소리만 날 뿐, 궐 안이 인적으로 붐빌 시간임에도 사방은 고요했다. 판수와 공진은 정적을 뚫고 상의원 안으로 들어섰다. 상의원 안은 바깥보다도 훨씬 무거운 공기가 짓누르고 있었다. 공진은 이런 분위기에 아랑곳하지 않고 시선에 들어오는 모든 것이 신기한 듯 쉴 새 없이 눈동자를 굴렸다. 오동나무 선반과 덮개가 열린 궤에는 시전에서는 구경도 할 수 없는 진귀한 물건들이 가득했다. 공진은 떡 벌어진 입을 좀처럼 다물 수가 없었다. 공진의 맞은편에는 제조와 돌석이 나란히 서 있었다. 그들 뒤로 판수와 대길도 고개를 약간 숙인 채 서 있었다. 공진의 일거수일투족을 바라보는 돌석의 얼굴은 희로애

락의 높낮이가 사라진 평평한 창호지처럼 보였다. 돌석의 얼굴은 초조한 표정이 역력한 옆자리의 제조와는 사뭇 대조적이었다. 주변을 살피던 공진은 맞은편의 싸늘한 시선이 느껴지자 비로소 돌석의 얼굴로 시선을 돌렸다. 돌석의 눈에서 선달그믐에 문틈을 파고드는 듯 냉기가 흘러내렸다. 공진은 눈이 뻑뻑해진 듯 눈 주변을 크게 찡그렸다.

그때였다. 궁녀들을 이끌고 왕비가 나타났다. 공진이 머뭇거리는 사이에 모두가 일사불란하게 고개를 숙였다. 판수는 공진을 향해 고개를 숙이라는 눈짓을 했다. 공진은 판수의 표정을 보고서야 엉거주춤하게 고개를 숙일 수 있었다. 왕비는 몹시 혼란스러운 상황이었지만 자세를 흐트러트리지 않고 우아하게 자리에 앉았다. 경황이 없는 상황임을 애써 알리기라도 하듯 왕비의 얼굴을 가리기 위한 주렴의 높이가 평소보다 훨씬 낮았다. 왕비의 얼굴이 주렴 밖으로 드러나 공진은 곁눈으로 왕비의 얼굴을 훔쳐볼 수 있었다. 지밀은 당황한 모습으로 주렴의 높이를 올리기 위해 애를 썼다.

"저이가 그 침선장입니까?" 왕비는 주렴의 높이 따위는 아랑곳하지 않고 앉자마자 판수에게 물었다.

"그렇사옵니다. 이자가 바로 말씀 드린 이공진이옵니다."

"할 수 있겠는가? 그러기만 하면 내 평생 그대의 이름을 기억하리다."

공진은 왕비의 모습에 극도로 긴장한 듯 쉽게 입을 열지 못했다. 무수히 많은 여인을 봐왔던 그였다. 그러나 압도적인 우아함과 범접할 수 없는 아름다움으로 단숨에 그를 사로잡은 사람은 없었다. 그 또한 타고난 감수성에다, 많은 여인의 옷을 지으며 발전시킨 예민한 미적 감각의 소유자였다. 그런 그도 왕비 앞에서 순간적으로 무장해제당해 형언할 수 없는 황홀경에 빠져들고 있었다. 공진은 몸의 감각이 마비되어 마치 자신의 의지에서 분리된 듯한 기분이 들었다. 그 틈새로 왕비가 발산하는 기품있는 매력이 스며들어 족쇄라도 채운 듯 공진의 감각을 사로잡았다. 그는 눈앞의 여인에게 빠져들어 자신의 의지로는 헤어날 수 없을 것 같은 느낌을 받았다. 왕비의 물음에 공진은 할 수 있다고 말하려 했지만 그 말은 입속에서만 빙빙 맴돌 뿐이었다.

"할 수 있겠는가?" 재차 묻는 왕비의 목소리에 공진은 깜짝 놀라 대답했다.

"하, 할 수 있사옵니다…." 늙은 노새가 산을 넘듯 공진의 목소리가 간신히 입술을 넘고 있었다. "소인, 할 수 있습니다."

비로소 공진의 목소리에 힘이 실렸다. 시원스럽게 대답을 뱉어내자 공진은 마음이 망망대해처럼 차분해지는 것을 느낄 수 있었다. 돌석은 공진의 대답에 어릿광대의 연기라도 본 듯 피식거리며 쓴웃음을 지었다. 흐뭇하게 미소를 짓는 판수와는 너무나 대조적이었다. 왕비는 지옥의 문턱에라도 서 있다 구원을 받기라도 한 듯 창백했던 안색이 다소 밝아졌다.

"그래요? 내 그럼 그대만 믿겠습니다."

“……”

공진은 왕비의 말에 어쩔 줄 몰라 하며 고개를 숙였다.

“지밀은 침방과 수방 아이들에게 일러 저이를 돕게 하라.”

흘끔 공진의 모습을 살피는 왕비의 얼굴은 파도 위에 떠 있는 작은 배처럼 흔들리는 듯 보였다. 공진의 눈길은 자리를 박차고 일어서는 왕비의 치맛자락에 가 있었다. 왕비의 모습이 점점 멀어지는 것만큼 공진의 눈동자에는 아쉬움의 잔영이 잔잔하게 퍼지고 있었다.

“마마, 허나…!” 침묵을 지키던 돌석이 왕비에게 뭔가 말을 하려 했다. 그러나 왕비 일행은 이미 문을 나서고 있었다.

“네가 지금 무슨 소리를 했는지 알고 있느냐? 법도와 절차를 무시한다 하여도 하룻밤이라니, 그것도 주상전하의 옥체조차 배알한 적이 없는 놈이 무어라?”

돌석은 분노와 멸시가 뒤섞인 눈빛으로 공진을 쏘아보았다. 복도까지 쩌렁거리며 울려 퍼진 돌석의 목소리에 왕비는 걸음을 잠시 멈추고 복도에 선 채 귀를 기울였다.

“누구쇼?”

공진은 돌석의 얼굴을 빤히 바라보았다.

“이자가 감히 어디서…!”

돌석을 보좌하는 대길이 공진에게 달려들려고 했다.

“자자, 진정들 하시고.”

판수가 차분한 목소리로 분위기를 진정시켰다.

"만들면 되는 것 아니오?"

공진은 양팔이 타버린 채 볼품없이 몸통만 남은 면복을 바라보며 언성을 높여 받아쳤다.

"면복이 무엇인지 알기는 하는 것이냐?"

돌석의 의구심은 하늘을 찌를 기세였다.

"그래 인마… 너 저게 뭔지는 알지?"

판수는 입에 손을 대고 작은 목소리로 물었다.

"허허허허, 그럼 그렇지. 이제라도 마마께 아니 된다고 하는 편이…."

돌석이 맑은 물을 흐리는 미꾸라지라도 보듯이 공진을 노려보았다. 공진은 헛기침을 한 번 하더니 돌석을 바라보았다. 맞부딪친 두 사람의 눈길에서 번쩍! 번갯불이 튀었다. 공진은 장원급제한 선비가 논어 학이 편을 암송하듯 거침없이 말을 쏟아내기 시작했다.

"면복이란! 국왕의 조근지복(朝覲之服)이라 하여 종묘와 사직에 제사하고 정조(正朝)와 동지, 조회 등에 착용하는 대례복이올시다." 공진의 쩌렁쩌렁한 목소리는 문밖 복도까지 울려 퍼졌다.

"국조오례의(國朝五禮儀)에 따르면 면복은 크게 면류관과 곤복으로 구성되고, 곤복은 다시 곤의, 상, 중단, 폐슬, 혁대, 대대, 패옥, 수, 말, 석으로 이루어지며 거기에 규를 들여야 한다 되어 있소. 이때의 의(衣)는 청색과 흑색에 약간의 적색이 섞인 무늬 없는 얇은 비단으로 지어야 하며 어깨에는 다섯 발톱의 용을, 등에는!"

공진은 잠시 말을 끊었다. 순간 상의원에는 알 수 없는 정적이 감돌았다. 공진은 돌석을 지그시 바라보며 물었다.

"더 할까요?"

공진의 말에 동장군의 습격이라도 받은 듯 돌석의 입 주변이 굳었다. 공진의 대답을 듣고 있던 왕비는 안도의 숨을 내쉬며 복도를 서둘러 걸어갔다.

"아니, 그만하면 되었네."

제조는 다소 놀란 눈빛으로 공진을 바라보며 손을 내저었다. 돌석은 여전히 의혹의 눈길을 거두지 않은 채 콧방귀를 뀌었다. 이미 결정은 내려진 터였다. 제조는 상황이 상황인 만큼 미심쩍기 짝이 없긴 하나 젊은 사내가 잘 해내기를 내심 바라고 있었다.

"자, 작업하도록 우린 자리를 비켜주도록 하세."

제조가 문밖으로 나서자 남은 이들도 제조를 따라 나섰다. 넓은 상의원 안에 공진만이 홀로 남았다.

"별일 없겠지."

상의원의 총 책임자인 제조는 궁의 대소사에 잔뼈가 굵은 인물이었다. 그런 그도 전대미문의 사건을 앞에 두고 걱정이 태산 같았다.

"거 책임을 져도 중전마마께서 지신다는데…."

판수는 걱정하는 제조를 다독거리며 궁 밖으로 나섰다.

"말리셔야 하는 것 아닙니까? 천한 기녀들의 옷이나 만들던

놈이 어찌 감히.”

대길은 돌석보다 더 흥분했다.

“내일이면 알겠지. 신경 쓸 것 없느니라.”

돌석은 내심 가능하지 않은 일이라 이미 결론을 내린 상태였다. 대길의 말을 한 귀로 흘리면서 발걸음을 재촉했다.

사람들이 모두 상의원을 떠나자 공진은 의대 틀에 걸린 면복을 물끄러미 바라보았다. 평소에 옷을 짓던 방법대로 한다면 정해진 시간 내에 일을 끝낼 수 없을 것이 분명했다. 따라서 불필요하게 시간을 많이 뺏는 작업을 다른 방식으로 대체할 필요가 있었다. 면복의 모양새로 미루어 가장 중요한 문제는 몸통 부분과 불에 탄 양쪽 팔 부분을 시간을 단축하며 연결하는 데 있었다. 공진은 정석대로 바느질을 해서 연결하는 방법을 머릿속으로 그려보았다. 아무리 빠른 속도로 한다 해도 하룻밤의 시간으로는 도저히 답이 나오지 않았다. 공진은 벽 쪽 가까이 서 있던 의대 틀을 공방 가운데로 옮겨놓았다. 그리고 의대 틀 옆에 서서 몸통의 끝 부분을 조심스럽게 만져보며 천의 특징과 모양새를 구체적으로 확인했다. 손끝에 전해지는 여러 감각은 수년 전에 만들었던 옷을 머릿속에 떠오르게 했다. 비록 여성의 옷이었지만, 몸통에 팔 부분을 급하게 이었던 경우가 떠올랐기 때문이었다. 그때 공진은 임시방편으로, 몸통과 소매 부분을 어교(魚膠)로 단단히 접착시키고 주요 부분만을 단단하게 바느질해 마감했다. 이렇게 하면 하룻밤의 작업으로도 충분히 가능할 것 같았다. 생각이 정리되자 공진은 본격으로 작업을 시작했다. 소매 부분의 재단만 직접 하고 바느질은 침방 궁녀 몇 명에게 맡겼다. 공진은 그 시간에 면복 몸통의 소매와 이음새 부분을 어교가 잘 먹을 수 있도록 꼼꼼히 손보았다.

칠흑 같은 어둠을 비집고 새벽을 예고하는 희미한 빛이 조금씩 얼굴을 내밀기 시작하자 침방 궁녀들의 작업은 끝이 났다. 공진은 완성된 양쪽 소매를 받고나자 혼자서 본격적인 작업에 몰입했다. 얼마간의 시간이 흘렀을까. 어둠은 눈에 띄게 옅어졌다. 공진은 침침해진 눈을 깜빡이다 미닫이문 사이로 궁의 모습을 조용히 바라보았다. 궁은 나무로 정교하게 짠 거대한 왕의 면복 같았다. 면복은 왕이 격식을 갖출 때 입는 법복인 만큼 입는 자의 호불호는 중요하지 않았다. 면복은 오히려 바라보는 자들을 제압하고 입은 자와 바라보는 자 사이에 넘을 수 없는 벽이 있다는 사실을 알리는 준엄한 표식이었다. 작업을 해가면서 옷의 형태와 구조가 손에 익어갈수록 면복의 이런 특징은 공진의 마음을 불편하게 했다. 공진은 잠시 눈을 깜빡이다 마무리 작업을 시작했다. 공진이 바늘을 던진 것은 닭울음 소리가 어둠과 빛의 경계를 가르며 한양의 하늘로 솟구쳐 오른 직후였다.

종묘제례 행사가 열릴 예정이라 편전에는 여느 때보다 많은 사람이 있었다. 왕은 편전 한쪽에서 내관들의 도움을 받아 면복을 갈아입고 있었다. 왕이 걸친 옷이 불과 하룻밤 사이에 수선한 것이며, 게다가 양 소매에 불까지 붙어 소실되었다는 사실은 내막을 아는 몇 사람을 제외하고는 그 누구도 알 수 없었다. 그야말로 급조라는 말에 어울릴 옷이었지만 어딘가 모르게 더 세련되어 보였다. 예민한 돌석의 눈은 면복의 소매에 고정되어 있었다. 완성된 옷을 제때 보는 것만으로도 돌석은 내심 놀랐지만 내색하지 않았다. 그런데 완성된 면복의 소매가 지붕의 서까래가 짧아진 것처럼 좁혀진 모양새였다. 돌석의 얼굴은 쉰밥이라도 먹은 듯 불편해 보였다. 판수와 공진은 제조 옆에 나란히 앉아 있었다. 흘끔흘끔 곁눈질로 왕을 훔쳐보는 판수의 눈동자는 미세하게 떨렸다. 공진의 시선은 나무에 달라붙은 매미처럼 왕비의 뒷모습에 찰싹 달라붙어 있었다.

"어째 전에 입던 그것이 아닌 것 같군…."

무심코 내뱉은 왕의 말에, 지난밤의 상황을 아는 사람들은 인중에 침이라도 꽂힌 듯 움찔했다. 돌석만이 이미 예상했던 일이라는 듯 침착하게 서 있었다.

"소첩. 전하의 의대가 낡아 보여 급히 고치게 하였사옵니다. 미리 윤허받지 못해… 송구하옵니다."

왕비의 목소리는 긴장과 불안 사이에서 살짝 떨리고 있었다.

"어쩐지, 과인의 몸에 딱 맞는 것이 편해졌달까."

의외의 말이었다. 이어 왕은 꽤 흡족한 표정을 지었다.

"다 중전의 수고였구려."

왕은 경직된 모습의 왕비에게 공치사까지 했다. 어두운 곳간에 한 줄기 빛이 들듯 왕비의 낯빛은 환하게 밝아졌다.

"저 자는 누구더냐? 못 보던 자로구나"

"그것이…."

돌석이 우물쭈물하자 왕비가 대신 나섰다.

"의대를 손보는 데 큰 재주가 있다 하여 소첩이 청해온 침선장이옵니다."

"솜씨가 좋구나. 어침장. 짐의 사냥복도 이자에게 만져보라 하라."

"예. 전하."

돌석은 내심 못마땅했지만 담담하게 대답했다.

"전하. 제례 준비가 다 되었다고 하옵니다."

대전이 허리를 숙였다.

"그러냐. 어차피 해야 할 일이라면 어서 끝내도록 하자."

왕은 무표정한 얼굴로 중전을 지나쳐 갔다. 편전의 문이 열리자 왕은 성큼성큼 선원전을 향해 발걸음을 옮겼다.

"주상 전하 납시오!"

대전의 목소리가 바람을 타고 궐 전체로 퍼져나갔다.

공진과 판수는 금천교를 지나 돈화문을 거쳐 궐 밖으로 나섰다. 공진은 궁을 벗어나고서야 제정신으로 돌아온 것 같았다. 소문으로만 듣던 왕비를 난생처음 두 눈으로 직접 보았던 터였다.

드넓은 조선 땅에서 직접 왕비의 모습을 본 사람이 몇 사람이나 될지 생각하니, 비록 하룻밤이지만 엄청난 시간을 보낸 것만 같았다. 신경을 곤두세워 밤샘 작업을 한 탓에 하초(下焦)의 힘이 쏙 빠졌지만 이상하리만치 정신은 또렷해졌다. 게다가 곱디고운 왕비는 곤란한 상황에서 무사히 빠져나온 듯했다. 무엇인가 왕비에게 도움이 되었다고 생각하자 왠지 날아갈 것 같은 기분이 들었다. 수없이 많은 옷을 지었건만 남자의 의대를 손보고 이런 좋은 기분이 든 것은 처음이었다.

담장 안쪽에서 장엄하게 종묘제례악 소리가 울려 퍼졌다. 공진은 왕에게 하사받은 버선의 코를 잡고 빙빙 돌리며 걷기 시작했다. 판수는 공진을 아주 못마땅한 표정으로 바라보며 쏘아댔다.

"야, 임마. 조심 좀 해. 그러다 찢어지면 어쩌려고."

"일을 시켰으면 돈을 줄 것이지. 이런 걸 왜."

때 탄 버선을 받들어 모시는 행동이 생각할수록 우스꽝스러웠다.

"복 받은 놈의 시키, 전하께서 하사하신 거면, 똥 기저귀도 영광이거늘."

판수의 눈동자는 버선의 움직임을 따라 뱅글뱅글 돌고 있었다.

"내가 뭐 거지 새끼도 아니고."

공진은 버선을 돌렸다 말다 하며 운종가를 걸었다. 면주전과 면포전은 물건을 사려는 사람들로 발을 내딛기 힘들 정도였다. 공진과 판수는 청포전에서 중국의 삼승포를 잠시 살펴보다 의금부 앞에서 헤어졌다.

4. 가슴 속의 봉잠

공진은 월향의 무릎을 베개 삼아 평상 한끝에 누워 있었다. 멀리 산봉우리 근처의 흰 구름은 왕비의 폐슬(蔽膝)에 수놓인 소륜화처럼 보였다. 편전에서 본 왕비의 모습과 상의원에서 본 왕비의 모습이 교차하며 공진의 눈앞에서 어른거렸다. 근심 어린 표정과 안도의 미소가 피어오르는 모습, 이 모두가 가슴을 설레게 했다. 흰 뺨에 손끝을 대면 근심이 툭하고 떨어질 것 같은 왕비의 얼굴이 잠시 흔들리는가 싶더니 어느새 입가에 미소가 번졌다. 공진은 멍하니 왕비의 폐슬을 바라보았다. 다섯 개의 잎을 가진 여섯 송이의 소륜화가 어서 나비가 되어 날아와 앉으라고 귓속말을 했다. 그 순간 공진은 한 마리의 노랑나비가 되었다. 훨훨 날갯짓하며 하늘 높이 날아올랐다. 저 멀리 희고 노란 소륜화가 내려다보였다.

"팔자 늘어졌군, 아직도 쳐 자고."

판수는 공진의 어깨를 치며 투덜거렸다.

"아, 뭐야."

공진은 잠에서 깼다. 꿈이라도 꾼 듯 눈이 풀려 있었다.

"얀마, 전하께서 친히 너한테 사냥복을 만들라 하명하신 거 들었지?" 판수는 공진을 다그쳤다. "당분간, 상의원에서 일해야 할 거야."

"아, 몰라 몰라. 이놈의 나라가 나한테 뭐 해준 게 있다고."

공진은 등을 돌려 누웠다.

"거, 참, 남들은 궁에 못 들어가서 난리구만… 너 이 자식, 어명의 맛을 또 보고 싶어?"

"하이고, 또 버선이나 줄 거."

"에이, 새끼, 이거나 받아. 중전마마께서 내리신 건데, 뭐 나중에 마음에 드는 처자가 생기면 주라 하시더라."

판수는 쯧쯧거리며 오얏 문양이 수놓인 비단 꾸러미를 마루 끝에 던지고 가버렸다. 공진은 누운 채 비단 꾸러미를 흘끔 바라보았다. 공진이 잠시 망설이자 월향은 호기심 가득한 얼굴로 꾸러미를 풀었다.

"어머, 이건 봉잠이 아니옵니까? 궐에서 왕비나 세자빈으로 간택된 여인에게 하사하는 패물이 봉잠인데, 어찌 이런 걸, 중전마마께서…."

월향의 얼굴에서 장난스러운 표정이 구름 걷히듯 사라졌다. 월향은 정교하게 봉황이 새겨진 비녀를 양손에 쥐고 입을 다물지 못했다.

공진은 월향의 말을 듣고 자세를 고쳐 앉더니 비녀를 강탈하듯 뺏었다.

"칫. 어디 마음에 두신 처자라도 있으신가 보네."

월향은 뽀로통한 표정으로 마당을 가로질러 방으로 들어가 버렸다. 공진은 기둥에 등을 대고 앉아 지그시 눈을 감았다. 공진은 따뜻하고 부드러운 천의 감촉과 차갑고 날카로운 바늘의 감촉 모두에 친숙했다. 그래서일까. 차갑고 날카로운 봉잠의 감촉만으로도 따뜻하고 부드러운 왕비의 머릿결 감촉이 온몸으로 퍼져나가는 것 같았다. 공진은 옷감을 바늘로 꿰어 아름다운 의대를 만드는 것이 자신의 업인 것처럼 봉잠이 왠지 왕비를 향한 연모의 마음을 짓는 기품 있는 바늘 같았다. 공진은 봉잠을 비단 꾸러미로 정성스레 감싸고 윗옷 사이에 찔러 넣었다. 해가 중천을 지나 서쪽으로 조금씩 기울자 공진은 취향루를 나섰다. 상의원에 들러보니 판수는 공진을 기다리고 있었다. 판수를 따라 대조전으로 향했다.

대조전은 흥복헌과 경훈각 등의 건물로 둘러싸여 모양새가 작은 요새 같았다. 그도 그럴 것이 궐은 왕의 집무 기능이 집약된 공간이며 모든 기능은 이런 목적에 맞춰 짜였다 해도 과언이 아니다. 이런 상황에서 대조전은 왕의 사적 영역과 더 긴밀한 연관이 있기 때문에 가급적 밖으로 드러나지 않게 배치되었다. 공진은 자신의 의지와 별개로 궐의 심층부로 성큼성큼 다가가는 셈이었다. 공진이 대조전 안으로 들어가자 이미 누군가가 있었다. 궁녀의 안내에 따라 공진은 사내 옆에 나란히 엎드렸다. 곁눈으로 옆 사내를 바라보니 돌석의 얼굴이 눈에 들어왔다.

"중전마마, 납시오."

지밀상궁의 목소리가 들리자 옆자리의 돌석은 고개를 깊이 숙였다. 공진도 엉겁결에 돌석을 따라 했다.

"내, 지난번 일로 두 분께 고맙단 말을 드리고자 이리 오시라 했습니다."

찻상 앞에 찻잔이 놓였다. 왕비는 미소를 지으며 차를 권했다.

"차 맛이 어떤가요?"

"혀끝에서 꽃이 피는 듯…."

돌석은 머리를 숙이고 조심스러운 표정으로 대답했다.

시선을 어디 둘지 몰라 주위를 두리번거리던 공진의 눈에 서안 위에 놓인 『손자병법』이 들어왔다.

"어찌 손자병법을 읽고 계시는지요?" 공진의 질문이 돌석의 대답을 자르고 들었다.

"이 책을 읽어봤습니까?" 왕비는 의아하다는 듯 물었다.

"그럼요. 헌데 마마께서는 왜 남자들이나 읽는 병법서를…."

돌석은 왕비에게 스스럼없이 말을 꺼내는 공진의 모습에 당황한 듯 옆구리를 살짝 건드렸다.

"그대는 사내로 태어나 어찌하여 바느질을 하십니까?" 왕비는 바느질하는 이유가 정말 궁금한 듯 다소 진지한 얼굴로 물었다.

"소인, 생각 없이, 마마께 어리석은 질문을 드렸사옵니다."

"여인이라 해서 꼭 수만 놓고 살라는 법은 없지요. 사는 게 곧 전쟁이거늘, 아니 그렇습니까?"

왕비는 동의라도 구하려는 듯이 돌석을 바라보았다.

"그것이 소신…."

돌석은 순간 머릿속 전체가 상복 색깔로 변하는 것 같았다.

"허나 소인. 전쟁은 피하는 게 상책이라고 읽었사옵니다." 공진은 우물쭈물하는 돌석을 대신해 말했다.

"맞습니다. 그래서 싸우지 않는 걸 병법에서 최선이라 하는 거겠지요." 왕비는 공진의 말에 맞장구쳤다.

"맞사옵니다. 근데 현실이 달라서 문제죠. 싸우기 싫어서 가만히 있는 건데."

순간, 왕비의 표정이 굳었다.

"그러면 사람을 정말 바보로 안다니까. 근데 꼭 그런 호로 자식들이 있어 가지고! 누가 똥이 무서워서 피하는 줄 아나. 안 그렇습니까. 마마."

공진의 입에서 거침없이 말이 튀어나왔다. 잠시 정적이 흘렀다. 말이 화근이 된다는 사실을 오랜 경험을 통해 뼈저리게 터득한 돌석은 타이르듯 말했다.

"중전마마 앞일세. 예를 지키게나."

진중한 돌석의 말에 공진은 움찔하며 자세를 고쳐 앉았다.

"그대 말이 맞네요. 똥은 무서워서 피하는 것이 아니지요."

"마마!"

저잣거리 사람들이나 쓰는 말이 왕비의 입에서 튀어나오자 지밀은 당황했다.

왕비는 은근히 속이 시원했다. 궐내는 속내를 드러내서는 안 되는 곳이어서 궐내 사람들은 늘 가면을 쓰고 있는 셈이었다. 왕비는 공진이 주변에서 늘 보아왔던 사람들과는 다른 세계 사람처럼 보였다. 왕비로서는 그런 차이가 꽤 신선하게 느껴졌다. 왕비는 자신도 모르게 입가에 웃음을 머금고 공진을 바라보았다. 공진은 밝게 웃으며 허리를 숙였다. 돌석은 아랫입술을 질끈 깨물며 허리를 숙였다.

"아, 거 같이 좀 가죠."

대조전을 나서자 돌석의 발걸음이 갑자기 빨라졌다. 공진은 뛰다시피 해서야 돌석과 나란히 보조를 맞출 수 있었다. 돌석은 상기된 얼굴로 앞만 바라보며 성큼성큼 걸었다.

"저기, 똥 때문입니까? 언짢아 보이시는데."

공진의 말에 돌석은 고개를 돌리며 말했다.

"글깨나 읽는다고 잘난 척하지 말거라."

어침장의 말에는 굵고 단단한 옹이가 박혀 있었다. 공진은 멍하니 선 채 작아지는 어침장의 뒷모습을 우두커니 바라보았다.

상의원에 들른 돌석은 퇴청하지 않고 공방에 홀로 남아 있었다. 이미 주변은 어둠이 내려앉았다. 돌석은 공진이라는 나부랭이가 눈앞에 서성대는 것이 꼴사납게 보였다. 근본도 없는 주제에 왕의 의대에 손을 댄 것도 그렇지만 왕비 앞에서 손자병법 운운하는 모습은 더욱 볼썽사나웠다. 돌석은 호롱불 아래 흰 종이를 펴놓고 책 속의 한자를 베끼고 있었다. 손은 글자 모양을 따라 움직였지만 마음속은 공진에 대한 분노와 글자를 익히지 못한 자신의 처지에 대한 회한이 뒤엉켜 혼란스러웠다. 좀처럼 감정에 흔들리지 않는 성격이지만 공진의 몇 마디 말은 돌석의 인내력의 빗장을 건드렸던 것이다. 상처투성이 손으로 쥔 붓의 놀림은 어침장의 손놀림이라 하기에는 어설프기 짝이 없었다. 흰 종이는 검은 먹물을 빨아들여 볼품없는 흔적을 남겨놓았다. 작고 예리한 바늘로 정교한 수를 거침없이 놓아대던 손이었지만 흰 종이 앞에서는 무장해제당한 병사처럼 무기력하기만 했다. 돌석은 몇 글자를 그리듯이 베끼고는 벼루 위에 붓을 올려놓았다. 그리고 답답한 듯 일어서서 이미 어두워진 하늘을 올려다보았다. 노란 달빛이 제법 운치 있게 빛나고 있었다.

'상놈의 자식이 어디서 함부로 허락도 없이 글을 쓰느냐.'

땅바닥에 써놓은 글자를 보고 호통을 치던 양반의 얼굴이 갑자기 떠올랐다. 삼십 년 전 일이었지만 그 양반의 표정만큼은 뇌리에 깊이 새겨져 지금도 손에 잡힐 듯 생생하게 기억하고 있었다. 하지만 마음에 응어리진 서러운 세월도 서서히 끝나가고 있었다. 기한이 차면 승급하는 순자법(循資法)에 따라 돌석은 이제 참하(參下)에서 육품으로 소위 '출륙'할 참이었다. 삼십 년 전 한날 바느질장이로 궁에 발을 들여놓은 이래 이제 왕이 집전하는 조회에도 참여할 수 있고, 지방 목민관이 될 수도 있는 참상(參上)의 양반이 될 판이었다. 돌석은 조바심과 기대감이 빼근해지도록 온몸을 타고 흐르는 것을 느꼈다.

'머지않았다. 여섯 달만 무탈하게 지내면… 여섯 달만 죽었다 하고 무사히 지내면….'

돌석은 혼잣말을 하며 어둠이 내린 상의원을 나섰다.

5. 경마장에 간 왕

왕은 삼년상을 치르고 난 후 지친 심신을 달래기라도 하려는 듯 자주 신하들과 어울려 말을 탔다. 젊고 건강한 왕은 말타기와 활쏘기에 상당히 능숙한 편이었다. 즉위한 지 오래지 않은 데다 젊고 용모가 수려해 왕이 경마장에 행차하는 날이면 주변은 사람들로 늘 붐볐다. 백성들은 넓은 벌판에서 왕이 달리는 모습을 보고 즐거워했다. 운집한 군중의 주머니를 노리고 모여든 엿장수나 떡장수 같은 장사치들과 돈깨나 벌었다는 상인들과 동행한 기생들까지 모여들어 경마장은 흡사 잔치판 같은 분위기가 물씬 풍겼다. 경마장 한쪽 큰 수양버들 아래 설치된 비단 장막에는 조정 대신들이 자리잡고 앉아 뜨거운 햇볕을 피하고 있었다. 가장 앞줄에 신권의 상징적 구심이자 실세인 영의정이 자리를 지키고 있었다. 왕은 휴식과 친목 도모를 위해 경마장을 찾은 듯했지만 노회한 영의정은 뭔가 다른 목적이 있는 듯 몹시 분주했다.

영의정은 주변의 대신들과 귓속말을 하거나 이따금 의미 있는 눈빛을 교환하곤 했다. 장막 아래 풍경은 마치 편전을 야외로 옮겨놓은 것처럼 정치적 열기로 뜨거웠다. 영의정은 형세판단이 빠르고 술수에 능한 정치가였다. 두 명의 왕을 거치면서도 무사히 살아남았다. 그 과정에서 습득한 동물적인 생존 감각은 손아래 대신들도 혀를 내두를 정도였다. 게다가 대신들 중에서는 나이가 가장 많아 원로 대접을 톡톡히 받고 있었다. 한동안 잠잠했던 영의정의 움직임은 왕의 탈상 직후부터 눈에 띄게 활발해졌다. 영의정이 말년의 정치적 야심을 어떻게 실현할 것인지 많은 대신이 예의주시하고 있었다. 이미 일부는 힘을 모아 은밀하게 움직이고 있었다.

벌판에 길게 이어진 울타리 안쪽으로 작은 깃발들이 타원형을 이루며 꽂혀 있었다. 바람이 불자 깃발들은 서로 경쟁하듯 아우성을 쳤다. 벌판 한쪽에 설치된 긴 장막 뒤에서 말발굽 소리가 났다. 경주가 시작되려는지 경마장 밖에 몰려든 군중 속에서 함성이 터져 나왔다. 긴 장막이 바닥을 향해 떨어지자 대지를 박차고 나가는 말발굽 소리는 군중의 가슴을 때리고 들었다. 날렵한 모습을 뽐내는 준마들이 경쟁하며 일제히 튀어 나가자 벌판에는 흙먼지가 가득 피어올라 황토색 안개를 만들었다. 십여 마리의 말 가운데에서도 백마 한 마리가 유독 눈에 띄었다. 길게 뻗은 네 다리의 잘 발달된 근육이 조화롭게 움직이는 모습은 누가 봐도 한눈에 명마라는 것을 알 수 있었다. 백마 위에는 다소 거추장스러운 사냥복을 입은 젊은 왕이 말고삐를 단단히 틀어쥔 채 달리고 있었다.

군중은 왕이 달리는 모습에 환호성을 질렀다. 십여 마리의 말은 경쟁적으로 앞서거니 뒤서거니 내달더니 급하게 방향을 돌렸다. 그러자 말 탄 장수들 사이에서 아슬아슬한 몸싸움이 일어났다. 말발굽 소리와 군중의 함성이 뒤섞여 넓은 들판을 뒤덮었다. 무예에 익숙한 장수들은 눈짓을 주고받으며 더욱 극적으로 보이고자 서로 몸을 부딪히면서 능숙하게 말을 몰았다. 그것은 문관들과 달리 무관들이 왕을 배려하는 그들만의 특유한 방식이었다. 그 틈을 이용해 백마를 탄 왕은 박차를 가하며 선두로 나섰다. 그러자 군중에게서 우레 같은 함성이 연달아 터져 나오며 경마장의 분위기는 극적으로 고조되었다. 군중의 함성에 고무된 탓인지 왕은 평소보다 훨씬 더 힘차게 연달아 박차를 가했다. 그때였다. 백마의 뒷다리가 흙에 살짝 미끄러지는가 싶더니 백마의 앞무릎이 비스듬하게 꺾였다. 백마가 중심을 잃고 머리가 바닥으로 급하게 쏠리자 왕의 몸이 안장에서 튀어나갔다. 순식간이었다. 넓은 대지 위는 시간이 멈춘 듯 정적이 흘렀다. 왕의 몸은 경마장 풀밭 위를 몇 바퀴 구르고 나서야 멈춰 섰다.

"전하!"

대전내관이 깜짝 놀라 왕에게 달려갔다.

미동도 하지 않던 왕은 달려간 대전내관의 부축을 받고서야 간신히 몸을 추슬렀다. 말에서 내린 장수들은 왕의 주위로 몰려들어 무릎을 꿇고 앉았다. 비단 장막 아래서 경주를 보던 대신들도 왕에게로 달려가 머리를 조아렸다. 영의정만이 홀로 비단 장막 아래 앉아 상황을 관망하고 있었다.

"어허. 거참, 별일도 아닌 거 가지고." 왕은 겸연쩍은 얼굴로 타이르듯 말했다.

"전하, 죽여주시옵소서."

무관들은 얼굴을 바짝 땅에 댔다.

"일어들 나라. 어허. 어서 일어나래도."

왕의 얼굴은 적잖이 상기되어 있었다.

"전하. 일단 돌아가셔서 옥체를 살피시는 것이…." 대전이 걱정스러운 얼굴로 간했다.

왕은 대전의 말에 개의치 않고 주위를 돌아보더니 백마를 향해 터벅터벅 걸어갔다. 한 걸음, 두 걸음, 발을 내디딜 때마다 왕은 왼쪽 발목이 시큰거려 고통스러웠다. 왼쪽 갈비뼈 부근에서 올라오는 둔중한 통증도 왕을 괴롭혔다. 그러나 왕은 내색하지 않았다. 아니, 내색할 수 없었다. 속내를 드러내지 않는 것이 왕의 갖춰야 할 덕목인 것처럼 때론 공포를 부르는 통증조차도 내색하지 말아야 했다. 왕은 고통스러운 만큼 다리에 힘을 주고 최대한 의연하게 말을 향해 걸었다. 주변의 신하들은 왕의 행동을 의아하다는 눈빛으로 지켜보았다. 백마 곁에 다가선 왕은 부리부리한 백마의 검은 눈동자를 뚫어지게 바라보았다. 그리고 눈을 몇 차례 깜빡이더니 오른손으로 백마의 얼굴을 천천히 쓰다듬었다. 고개를 숙이고 있던 신하들은 그제야 긴 안도의 한숨을 내쉬며 왕의 행동을 차분히 관찰했다. 하얗게 질렸던 대전내관의 얼굴에도 조금씩 혈기가 돌기 시작했다.

'퍽, 퍽, 퍽.'

갑자기 둔탁한 소리가 연달아 이어졌다. 순간 백마의 검은 눈동자가 일그러졌다. 왕은 무슨 영문인지 주먹으로 백마의 얼굴을 내리쳤던 것이다. 단순한 주먹질이라 하기에는 섬뜩한 느낌을 주었다. 백마의 미간을 향하는 왕의 주먹에 살기가 실린 듯 보였다.

'퍽퍽퍽퍽퍽퍽.'

주먹이 사정없이 내리꽂혔다.

"전하 고정하옵소서. 전하!"

놀라서 멈칫 했던 대전내관은 간신히 정신을 차리고 왕의 곁으로 뛰어갔다.

"고정하옵소서. 전하!"

절규에 가까운 대전내관의 목소리에 왕은 간신히 주먹질을 멈췄다.

백마의 미간은 붉은 피로 물들어 있었다. 흰 얼굴에 불규칙하게 튄 붉은 혈흔은 한낮인 데도 섬뜩한 느낌을 주었다. 명성이 자자했던 명마였지만 왕의 분노 앞에 기가 꺾인 듯 백마의 모습은 살곶이 목장에서 죽음을 기다리는 늙은 당나귀처럼 추레해 보였다. 왕의 오른쪽 주먹에서 솟구쳐 오르는 핏방울은 황토 바닥을 조금씩 물들이고 있었다. 대전내관은 수건으로 왕의 옥수에서 흐르는 피를 닦았다. 편전에서 언쟁에 열을 올리곤 하던 대신들은 왕의 돌출 행동에 입을 다물지 못했다. 그들의 얼굴에서 두려움과 의구심이 교차했다. 대신들은 머리를 숙인 채 왕의 행동이 무슨 의미를 담고 있는지 이해하려 애쓰는 듯했다. 무신들 또한 숨죽인 채 사태를 관망하고 있었다.

왕은 천천히 돌아섰다. 왕의 오른손을 감싼 수건 끝에 붉은 핏방울이 아슬아슬하게 맺혀 있었다.

"저 아이는 누구냐?" 왕의 입에서 예상치 못한 말이 튀어나왔다.

왕의 말에 신하들은 일제히 고개를 들어 왕의 시선이 멈춰 선 곳을 바라보았다. 그곳에는 병판과 한 소녀가 서 있었다. 소녀가 백마와 무슨 연관이 있는지 알 수가 없었던 대신들이 낮은 소리로 웅성거렸다. 실눈으로 소녀를 슬쩍 바라본 대관이 대답했다. "병판 대감의 여식이라 들었사옵니다."

병판의 여식이라는 말에 대신들이 잠시 술렁거렸다. 아담한 체구의 소녀는 낯빛이 백옥처럼 희고 입술은 앵두처럼 붉게 빛났다. 소녀라 하기보다는 여인이라 부르는 편이 옳을 자태였다.

왕은 대전의 말을 듣자, 병판의 얼굴을 흘끗 보는가 싶더니 이내 영의정에게로 고개를 돌렸다.

"한번 들라 해라."

분노로 부풀어 올랐던 왕의 눈두덩이 풀리면서 입가에 쓴웃음이 흘렀다.

"얘기나 좀 나눠보고 싶구나."

왕은 뭔가 흥미로운 것을 발견했다는 듯한 눈길로 병판의 딸을 지긋이 바라보았다. 그러고는 몸에 걸쳤던 사냥복이 거치적거리는지 그것을 찢어내듯 던져버리고는 다리를 절뚝이며 걸어갔다. 왕의 모습을 응시하던 영의정은 갑작스러운 왕의 행동을 이미 예견하고 있었다는 듯 만족스러운 표정을 지었다.

6. 침선장 공진

상의원 안은 심산구곡의 사원처럼 고요했다. 가위나 인두를 쓸 때 나는 금속성 소리만이 이따금 정적을 깰 뿐이었다. 사면의 벽에는 청옥으로 만든 아홉 척의 규, 분홍색 상, 붉은색 대대와 혁대, 흰색 비단으로 만든 중단, 옥으로 만든 패, 비와 단으로 만든 석 등 형형색색의 의복들이 빼곡하게 채워져 있었다. 이 모든 의대는 어침장 돌석의 지휘로 최고의 침선장들이 빚어낸 것들이었다. 왕실 의례는 조선이 예치를 내세운 국가답게 매우 정교하고 복잡했다. '국조오례의'는 조선의 기본 예식을 길례, 가례, 빈례, 군례, 흉례의 다섯 가지 유형으로 분류해 정리해놓았다. 각각의 예식에는 그에 걸맞은 복식이 필요했기에 어침장은 의대에 관한 이해와 기술뿐 아니라 의례에도 해박한 지식이 있어야 했다. 이런 복잡하고 세세한 요구를 충족하는 일은 때로 어렵고 성가셨지만, 돌석은 오히려 기준이 명확하게 서 있는 상의원 일을 좋아했다. 적어도 궐에서 입는 의복을 짓는 일은 지켜야 할 본이 분명했고 그 본을 묵묵히 따르면 되었다. 돌석은 지금까지 정해진 기준에 따라 한 땀 한 땀 바느질하듯 반 보씩 내딛으며 살아왔다. 그렇게 살다 보니 어느덧 어침장 자리에까지 오르게 되었던 것이다.

돌석은 바느질에 몰두한 침선비들을 물끄러미 바라보았다. 그는 바느질 한 땀을 보고도 능히 그 솜씨를 가늠하는 경지에 있었다. 장지문 가까이 앉은 앳된 얼굴의 침선비가 이마에 땀이 송골송골 맺힌 채 힘겹게 손을 놀리고 있었다. 바늘을 쥔 손목에 쓸데없이 힘이 너무 많이 들어가 있었다. 그 아이의 손놀림을 보자 돌석은 문득 옛일이 생각났다.

줄의 끝이 보이지 않을 만큼 많은 아이가 긴 담벼락을 따라 늘어서서 양손을 내밀고 서 있었다. 그리고 관복을 입은 노인이 독수리 같은 눈으로 아이들의 손을 꼼꼼히 살피며 지나갔다. 노인은 돌석 앞에 멈춰 서서 그의 손을 유심히 살펴보고는 손바닥에 곶감 하나를 올려놓았다.

"바느질하기에 좋은 손이구나."

노인의 목소리는 매서운 눈빛처럼 쇳소리를 닮아 칭찬도 칭찬처럼 들리지 않았다. 게다가 어린 돌석은 곶감에 마음을 빼앗겨 노인의 말을 귀담아 듣지 못했다. 그로부터 삼십여 년의 세월이 흘러 돌석은 이제 그 노인과 같은 자리에 앉아 있었다. 그는 상처투성이가 된 두툼한 손을 펴고 찬찬히 들여다보았다. 상처마다 길고 짧은 사연들이 새겨져 손안에 가득 담겨 있었다. 가위질을 잘못해 살점이 잘려나가고, 값비싼 비단을 피로 물들였던 일, 바늘이 부러지면서 살을 파고 들어가 발을 굴렀던 일, 인두에 손을 데어 낙인이 찍힌 것처럼 흉터가 생겼던 일, 하루가 멀다 하고 크고 작은 실수를 저지르던 시절의 사건들이 주마등처럼 돌석의 뇌리를 스치고 지나갔다.

갑자기 밖에서 떠들썩한 소리가 들리면서 상의원의 정적을 흔들어놓았다. 그가 문 쪽으로 시선을 돌렸을 때 문턱을 넘는 판수와 공진의 모습이 보였다. 돌석은 상의원 작업복을 입은 공진을 보자 마음 깊숙한 곳에서부터 불쾌감이 밀려왔다. 그는 먹이를 발견한 맹수처럼 벌떡 일어났다. 본능적으로 기선을 제압하려는 욕구가 그를 일으켜 세웠던 것이다.

돌석은 공진을 상의원에 끌어들여 싸고도는 판수가 못마땅했다. 게다가 원칙과 근본을 가볍게 여기는 판수의 태도 때문에 종종 일에 방해를 받고 있던 참이었다. 판수가 끌어들인 공진이라는 작자도 근본이 몹시 의심스러워서 궐의 의대를 만드는 일에 손을 대는 것이 영 찜찜하고 불안했다. 돌석은 어침장으로서 이 두 사람이 상의원의 질서를 뒤흔들어 놓을 것을 내심 우려하고 있었던 것이다.

"내, 너희에게 바느질이란 것이 어떤 것인지를 알려줄 터이니 잘들 보거라!"

옆에 있던 대길의 바늘을 빼앗아 든 돌석은 침선비들을 향해 목소리를 높였다. 작업에 몰두해 있던 침선비들의 시선이 돌석이 손에 쥐고 있는 바늘 끝으로 향했다.

"바느질이란 다른 두 세상을 하나로 묶는 것인즉!"

돌석의 손에 힘이 들어가 바늘 끝이 미세하게 떨렸다.

"바늘이 들어갈 때는 자신의 혼을 집어넣고 나올 때는 정성을 다해야 하는 법이니라. 알겠느냐?"

판수의 뒤를 따르던 공진은 돌석의 쩌렁쩌렁한 목소리에 흠칫 놀라 멈춰 섰다. 돌석의 말은 공진의 귓속을 파고들었다. 젊은 침선장은 눈을 반짝이며 돌석이 손에 쥔 바늘을 바라보았다. 늙은 어침장 또한 곁눈으로 공진을 흘깃 바라보며 옆에 놓인 비단 한 폭을 보란 듯이 집어 들었다. 돌석은 마치 독수리가 공중에서 먹이를 노리고 쏜살같이 내리꽂다가 낚아채 솟구쳐 오르듯이 우아하면서도 유연하고 세련되게 바늘을 놀렸다. 돌석의 손을 바라보는 침선비들의 입에서 탄성이 흘러나왔다. 공진도 예외가 아니었다.

"인마! 이리와!"

판수는 넋을 놓고 돌석의 바느질 솜씨에 몰입해 있던 공진의 손을 잡아끌었다. 돌석은 바느질을 하면서 두 사람의 움직임을 곁눈으로 살피고 있었다. 판수에게 시급했던 것은 궁의 대소사에 대해 무지하기 짝이 없는 공진에게 최소한의 궁중 예법을 가르치는 일이었다. 얼마간이 될지는 알 수 없으나 공진도 이제 상의원의 작업복을 입었으니 궁에 대해 초보적인 지식이라도 갖춰야 했다. 판수는 옷을 짓는 공진의 천재적인 솜씨에 대해서는 흠모라 해도 좋을 만한 존경심을 품고 있었다. 그러나 한 마리 야생마 같은 공진이 궐내 생활에 제대로 적응할 수 있을지는 자신할 수 없었다. 그러나 판수는 공진의 재능이 빛을 볼 수 있게 돕고 싶어졌다.

"전하의 얼굴은?"

"용상."

공진은 종이에 그림을 그리며 건성으로 대답했다.

"용안이라니까! 전하의 손은?"

"용수."

"어수라니까! 그럼 발은?"

"족… 족… 족발?"

"족장! 족장이라 몇 번을 말해! 응?"

보다 못한 판수가 서안의 다리를 몇 차례 쳤다.

"에이 씨! 아, 그만 퇴청하죠?"

그림이 뜻대로 안 나오는지 공진은 붓을 던졌다.

"안 돼. 이거 다 외우기 전엔 못 가."

"그것도 어명이오?"

"얼, 이제 잘 아네. 근데 뭘 그렇게 그려?"

판수는 종이를 낚아챘다. 남자의 옷 같았다. 판수는 그동안 상의원의 문턱을 쉴 새 없이 들락거리면서도 그림으로 옷을 먼저 그리고 옷을 짓는 사람을 본 적이 없었다. 공진은 별로 힘도 들이지 않고 쓱쓱 그리는 것 같은데 자연스러우면서도 정교한 그림이 종이를 메웠다.

“야. 이거 전하가 만들라고 한 사냥복이지? 그치?”

“이거 만들면 다시는 찾지 마쇼? 응?”

“옷본도 없이 어찌 만드나 했더니, 짜식, 그림으로 옷을 미리 만드네. 이야, 진짜 신기하네!”

판수는 공진의 그림을 슬쩍 보고 나자 안도감이 들었다. 잠깐 그림으로 본 것뿐이지만, 얼핏 봐도 전에 공진이 매만져준 관복처럼 옷태가 달라 보였다. 하룻밤이라는 말도 안 되는 시간에 손본 면복으로 왕에게 큰 칭찬을 받은 공진이었다. 그런 그가 충분한 시간을 들여 만든 전하의 사냥복은 궁에서 화제가 될 것이 분명했다. 더군다나 경마장에서 낙마한 왕이 홧김에 돌석이 만든 사냥복을 벗어 팽개쳤다는 소문까지 돌고 있었다. 판수는 공진이 조금만 힘을 써주면 함께 일하기 껄끄러운 돌석을 상의원에서 몰아낼 수도 있을 것 같았다. 그런 생각이 들자 판수는 갑자기 기분이 좋아져서 투덜거리는 공진을 끌고 상의원을 나섰다. 시원하게 술로 목이나 축일 심산이었다.

공방에 틀어박혀 이것저것 일거리를 주무르던 돌석도 슬슬 퇴청할 준비를 했다. 그는 공진처럼 근본도 없는 놈을 한마디 상의도 없이 상의원에 들인 판수의 괘씸한 짓거리가 온종일 맘에 걸려 심기가 몹시 불편했다. 게다가 돌석은 그 존재를 애써 무시하려 했지만 공진 또한 은근히 신경이 쓰였다. 돌석은 오랜 기간 일해오면서 귀신같은 손재주를 자랑하는 장인이나 침선비를 적잖게 봐왔다. 그중 몇몇은 돌석 자신도 감탄할 만한 재주가 있었다. 그러나 공진은 그런 부류와는 차원이 다른 세계에 있었다. 그가 지은 옷은 묘하게 사람의 마음을 끄는 매력이 있었다. 돌석은 왠지 그 점이 불안하고 두려웠다. 공진과 엮이면 지금까지 지켜온 자신의 세계에 돌이킬 수 없이 금이 갈 것만 같았다. 돌석은 되도록 공진과 엮이지 않으리라 다짐했다.

돌석은 습관처럼 상의원 내부를 둘러보았다. 판수가 있던 방도 이미 비어 있는 듯했다. 방문을 살짝 밀자 서안에 놓인 그림이 눈에 들어왔다. 공진이 그린 그림 같았다.

'혹시, 이것이… 전하의 사냥복?'

돌석은 갑자기 편곤으로 뒤통수를 얻어맞은 것 같은 둔중한 충격을 느꼈다. 돌석에게는 공진이 손본 전하의 면복으로 받은 상처가 여전히 남아 있었다. 왕의 면전에서 그토록 언짢은 처지에 놓였던 적은 이제까지 단 한 번도 없었다. 그런 상처가 미처 아물기도 전에 공진은 전하의 사냥복을 지을 준비를 하고 있었다! 늦기 전에 어서 대책을 세워야 한다는 다급함이 돌석의 내면에서 아우성치고 있었다. 돌석은 한동안 공진의 그림을 뚫어지게 노려보다가 상의원을 나섰다.

7. 어침장 돌석

평소보다 일찍 집을 나선 돌석은 일부러 육조거리를 지나 비변사 쪽으로 에둘러 걸었다. 그렇게 세상 돌아가는 형국도 보고, 생각도 정리할 참이었다. 꽤 이른 시각이었지만 거리에서는 활력이 느껴졌다. 왕이 상복을 벗고 나자 그간 초상집 같았던 도성 분위기는 말끔히 사라졌다. 옷차림도 일변해서 오방색 중에서도 백색과 흑색은 눈에 띄게 줄었고 청색과 적색이 많아졌다. 계절적으로 가을과 겨울에 해당하는 백색과 흑색이 승하한 선왕을 상징한다면 봄과 여름에 해당하는 청색과 적색은 현재의 왕을 상징했다. 돌석은 세상의 빠른 변화에 매운 고추라도 씹은 것처럼 정신이 버쩍 들었다.

돈화문 앞에 이르자 돌석은 심호흡을 한번 하고 금천교를 건넜다. 그리고 상의원에 들어가 의대실 탁자 한쪽에 자리를 잡고 앉았다. 장인들과 침선비들이 얼굴을 보일 시각까지는 다소 여유가 있었다. 거리의 변화도 그렇지만 궁 안에서도 여러 가지 미묘한 기운이 흐르는 것 같았다. 왕이 본격적으로 운신하기 시작하자 그간 물속에 잠긴 듯 조용했던 다양한 움직임이 이해관계에 따라 서서히 수면으로 떠오르고 있었다. 궁은 늘 권력을 둘러싼 세력 사이의 음모와 경쟁으로 바람 잘 날이 없는 곳이었다. 돌석도 궁의 속성은 어느 정도 이해하고 있었지만 그런 분위기에 제대로 섞이지는 못했다.

그는 미시에는 사대부 부인들에게 바느질을 가르쳐야 했고, 술시에는 궐 밖에서 영의정과 병판을 만나야 했다. 정경부인이 주도하는 바느질 모임은 바느질을 핑계로 고관대작의 부인들이 모여 담소를 나누는 일종의 사교 모임이었다. 궐 안의 소문들이 벌이 꿀을 빨듯 바느질 모임으로 빨려들었다. 이들은 때에 따라 의도적으로 소문을 지어내거나 퍼트리는 역할도 했다. 궐 안의 내명부와 관련된 사정에 관해서는 이들 사이에서 오가는 말이 빠르고 정확할 때가 많았다. 이런 모임의 성격 탓에 돌석은 꽤 신경이 쓰였지만, 궐 안팎 소식을 들을 수 있어 바느질을 비롯해 의대와 관련된 내용을 소신껏 가르치려 애쓰고 있었다.

돌석은 의대실 한쪽에 놓인 궤를 열고 사대부 부인들을 가르치는 데 필요한 용품 몇 가지를 미리 꺼내 챙겨놓았다. 그래도 부인들의 모임은 입만 조심하면 별 탈은 없었다. 그러나 영의정의 호출은 왠지 껄끄럽게 느껴졌다. 이 노회한 능구렁이는 당대의 정치를 훤히 꿰고 있는 데다 최근 들어 왕을 향해 조금씩 각을 세우고 있는 눈치였다. 언제부터인가 궐에서는 왕권과 신권 사이 대립이 치열해졌고, 그에 따라 살벌한 정치적 정변이 이어지곤 했다. 권좌에 오른 왕과 신권을 대표하는 영의정 사이에서 까딱 잘못하면 한순간에 목이 날아갈 수도 있었다. 실제로 궁 안의 분위기는 한 치 앞도 섣불리 예단할 수 없는 예민한 상황으로 접어들고 있었다. 돌석은 영의정이 보자고 한 이유가 궁금하고 두려웠다.

어느새 연꽃이 활짝 핀 부용지의 풍경은 언제 봐도 운치 있었다. 연꽃 사이사이로 느리게 헤엄치는 붉은 잉어들은 마치 채묵화 속의 신선들처럼 그 모습이 한가롭기 그지없었다. 고관대작의 부인들은 부용정 안에서 서로 자태를 뽐내고 있었다. 모두들 한 손에 바늘을 쥐고 있었으나 정작 바느질에는 별로 관심이 없는 눈치였다. 돌석은 부인들의 태도에 아랑곳하지 않고 일부러 바느질 기법 중에서도 특히 까다로운 누비에 대해 설명하기 시작했다.

"누비는 옷감과 옷감 사이에 솜이나 털을 넣어 보온하는 겨울옷을 만드는 데 쓰는 방법입니다. 바느질 땀수와 넓이에 따라 세누비, 잔누비, 중누비 같은 방법이 있습죠. 그리고 모양에 따라서 오목누비, 볼록 누비로 나눌 수 있습니다."

돌석은 평소보다 목소리를 높였다.

"누비는 다른 바느질보다 몇 배나 집중력이 필요한 것이… 차분한 마음이 한순간이라도 흔들리면 바늘도 따라 흔들리고 결국 땀수가 틀어져 버린답니다. 그래서 누비는 옷을 짓는 기술이지만, 정신 수양에도 큰 도움이 되는 기술입죠."

"그런데 어침장님. 정경부인이 입으신 저고리 빛이 참으로 고운데, 저건 무슨 비단이옵니까?"

"……"

돌석은 갑자기 말문이 막혔다.

"저게 바로, 최근에 청에서 유행한다는 바로 그 저고리 맞습니까?"

"……"

돌석의 대답 여부와 상관없이 부인들의 대화가 이어졌다.

"역시, 정경부인이십니다. 어찌 그리 빠르게 손에 넣으셨습니까?"

부인들은 기다렸다는 듯이 정경부인의 저고리를 칭찬하기 시작했다.

"옷이 아름다우면 무얼 하나, 젊음이 곧 아름다움인 것을…."

정경부인은 만면에 미소를 머금고 짐짓 겸손하게 말을 받았다.

"꼭 그렇다고 할 순 없지요. 중전께선 지아비 손길 한번 닿지 않고 계시지 않습니까. 호호호호호."

"혹시 들으셨습니까. 전하께서 병판의 여식을 궐로 부르라 하셨답니다."

한성판윤의 부인은 한 손으로 입을 가리면서 마치 대단한 비밀이라도 발설한다는 듯 목소리를 낮춰 속삭였다.

"정말입니까? 그럼 중전께선 설마 이제…."

귀를 기울이던 이조판서의 부인은 깜짝 놀란 듯 언성이 높아졌다.

"말조심들 하게, 아직은 이 나라의 국모이시네."

정경부인은 형식적인 말투로 짐짓 타이르는 체했다.

"아니 그런가?"

정경부인은 어침장의 의중을 떠보려는 듯 답을 바라는 말투로 물었다. 병판의 여식이라는 말에 갑자기 등골이 서늘해진 돌석은 천천히 허리를 숙이며 영의정과의 저녁 약속이 이 일과 연관이 있으리라 짐작했다. 부인들 사이에 오가는 대화가 사실이라면 머지않아 궐 안에 큰 변화의 바람이 불어닥칠 판이었다.

"호호호호호!"

한성판윤 부인의 말에 사대부 부인들은 모임에 참가한 보람이 있다는 듯 꽤 즐거워하고 있었다. 이들의 웃음소리는 부용루를 넘어 부용정 전체로 울려 퍼졌다. 바로 그때 부용루로 오르던 왕비는 걸음을 멈추고 부인들의 대화를 듣고 있었다.

"마마. 길을 돌리올지?" 지밀이 걱정스러운 표정으로 왕비의 안색을 살피며 조심스럽게 말을 꺼냈다.

왕비는 당혹스러운 표정을 지워버리고 당차게 부용정 안으로 발걸음을 옮겼다. 사대부 부인들은 전혀 예기치 못한 왕비의 방문에 당황하여 일제히 자리에서 일어섰다.

"오늘은 무슨 차를 드시고 계십니까? 발 없는 향기가 부용정

담 너머까지 날아와 이 사람 걸음을 재촉하네요."

왕비는 짐짓 밝은 모습으로 자리에 앉았다.

높은 처마 쪽을 향해 있던 취향루의 들창문들이 닫혔다. 취향루에는 고급 기생집답게 방마다 잘 짜인 들창문이 별도로 붙어 있었다. 어느 시점인가부터 취향루 손님 중에 고관대작이 많아지면서 방 안에서 오가는 말이 밖으로 새어 나가지 않게 하려는 기방 주인의 배려였다. 밖에서 들창문 내리는 소리가 나자 영의정은 헛기침을 하고 보료에 편히 기대앉았다. 비록 등은 굽고 머리는 백발로 뒤덮였어도 형형한 눈빛만은 상대를 제압하는 힘이 있었다. 오랜 세월 정치판에 머물며 온갖 풍파를 거치고 일인지하 만인지상(一人之下 萬人之上)의 자리에 오른 인물답게 영의정의 얼굴에는 모사꾼의 잔영도 짙게 깔려 있었다.

영의정을 깍듯하게 받드는 병판의 모습은 여러모로 영의정과 대조적이었다. 병판은 기골이 장대하고 호방한 인상이라 누구라도 무관 출신임을 한눈에 알 수 있었다. 얼굴은 『삼국지』의 장비를 연상케 했지만, 가부가 분명한 데다 인정도 있어 병조에서는 따르는 사람이 제법 많았다. 절제된 표정을 짓고 있는 영의정과 달리 병판은 기분이 좋은지 희색이 만면하여 기녀가 술을 따르는 대로 잔을 비웠다. 영의정의 맞은편에 앉은 돌석은 원래 무표정한 인상이었지만 잔뜩 긴장한 듯 얼굴이 굳은 데다 자세마저 웅크리고 있어 건장한 병판과 뚜렷하게 대비되었다. 돌석의 잔에 술을 따르던 기녀는 술잔을 쥔 돌석의 손을 보고 깜짝 놀라 말했다.

"어머나! 세상에, 아니 무슨 일을 하시기에 손이 온통 굳은살에 상처투성이옵니다."

돌석은 슬쩍 손을 내려 술상 아래로 감췄다.

"무어라? 손이 어떻다고?"

병판은 기녀의 말이 영 거슬렸는지 탁! 하고 술상을 내리친 오른손을 보란 듯이 그대로 두었다. 병판의 돌발적인 행동에 기녀들만이 아니라 돌석도 깜짝 놀라 영문을 모른 채 눈을 껌뻑였다. 가만히 들여다보니 술상 위에 놓인 병판의 손도 어침장의 손 못지않게 크고 흉한 상처투성이였다.

"이건 전하를 위해 칼을 들었던 손이고, 어침장의 손은 전하의 의대를 만들려고 평생 바느질에 매진해온 손이니라. 아름답지 않으냐?"

돌석은 병판의 당당하고 자부심이 넘치는 일갈에 가슴이 뭉클해지며 절로 고개가 숙여졌다. 영의정은 돌석의 모습을 물끄러미 바라보더니 기녀들에게 손짓하여 물러가게 했다.

"이제 몇 달만 지나면 양반이 된다 들었네. 허긴, 출신이 뭐 그리 중요하겠는가."

영의정은 애써 부드러운 음색으로 말하면서 돌석의 표정을 넌지시 살폈다.

"주상전하 또한 천한 무수리의 몸에서 태어나셨지. 그렇지 않은가?"

비수처럼 가슴을 파고드는 병판의 예리한 직설에 돌석은 깜짝 놀라 감히 병판의 눈을 마주 보지 못하고 고개를 떨구었다. 왕의 옷을 지어주면서 왕이 자신의 출생에 대해 품고 있는 복잡 미묘한 감정을 누구보다도 가까이서 지켜본 돌석이었다. 왕의 이런 감정에는 하찮은 자극에도 예기치 않게 폭발할 수 있는 예민한 구석이 있었다. 한 나라의 국방을 총괄하는 병판의 입에서 거침없이 '천한 무수리'라는 단단하게 봉인된 금기어가 튀어나오자 돌석은 간이 콩알만 하게 오그라드는 것 같았다.

"자네도 들었겠지만, 곧 병판의 여식이 전하의 승은을 입게 될 것일세. 어침장 자네가 가례식 때 입을 옷을 좀 만들어주겠나?" 영의정의 목소리는 병판의 비수처럼 금속성으로 변해 있었다.

"소신은 전하와 중전마마의 의대만을 만들 뿐이옵니다." 말을 아끼던 돌석이 원칙대로 고했다.

"어허! 이 사람이! 어르신 부탁을 듣고도." 병판의 목소리가 높아졌다.

"자네도 이제 세상일이 그리 녹록치 않다는 걸 알 만한 나이가 되지 않았는가…." 영의정은 병판에게 괜찮다는 듯 손사래를 치며, 돌석에게 미묘한 말을 건넸다. "병판의 여식이 장차 계비(繼妃)가 될지… 누가 알겠는가? 아니 그런가? 하하하!"

영의정의 웃음소리는 그리될 수밖에 없으니 현명하게 선택하라는 일종의 협박 섞인 충고였다.

돌석은 영의정과 병판의 표정을 번갈아가며 조심스럽게 살폈다. 알 수 없는 불안이 등을 타고 흘렀다.

"자네나 나나 위험한 물건을 다루는 사람들 아닌가, 하하하. 자, 한잔 드시게."

병판이 잔을 들자 돌석도 따라 들었다.

두 사람을 바라보던 영의정도 흡족한 얼굴로 잔을 들었다.

"그래, 그래. 자네들은 위험하고 날카로운 걸 잘 다루는 사람들이지, 그렇고 말고. 한잔 쭉 들게나."

세 사람은 마치 도원결의라도 하는 듯 술잔을 단숨에 비웠다.

영의정과 병판은 돌석에게 할 말을 제대로 건넸다는 듯 만족스러운 표정으로 자리를 털고 일어났다. 돌석은 문밖을 나서는 두 사람에게 인사하고 영의정이 앉았던 보료에 몸을 기댄 채 잠시 눈을 감고 생각에 잠겼다.

'낮에는 부인들이 대놓고 왕비를 무시하더니, 밤에는 대신들이 왕비를 갈아 치우려고 작당을 하고 있네.'

돌석은 의대만 바라보고 살아온 자기 인생이 왕비를 둘러싼 궐내 정치적 음모에 엮일 것 같아 몹시 불안했다. 병판 딸의 가례복을 만드는 일은 자신의 의도와는 상관없이 정치적으로 해석될 소지가 충분히 있었다. 왠지 스산한 쓸쓸함이 밀려왔다. 지금 자신에게 닥친 일이 엄청나게 중차대한 문제였지만 돌석에게는 속내를 터놓고 맘 편히 상의할 사람 하나 없었기 때문이었다.

그때였다. 문밖에서 잠시 고성이 오가더니 와장창하면서 무언가 부서지는 소리가 났다. 혹시나 하는 생각에 돌석은 긴장해서 문틈을 살짝 벌리고 밖을 내다보았다. 누군가 주사를 부리는 것 같았다. 자기도 모르게 한숨이 새나왔다. 돌석은 밖으로 나가 마당 쪽을 바라보았다. 값비싼 도포 차림의 양반 몇몇이 기생 하나를 둘러싸고 고함을 치고 있었다.

"이런 멍청한 년이, 감히 이게 어떤 옷인 줄 알고 술을 쏟아."

화려한 비단 도포를 입은 사내는 분이 풀리지 않는지 급기야는 기생의 머리채까지 잡고 흔들었다. 한술 더 떠 일행인 양반 하나가 기생의 뺨을 때렸다. 어린 기생은 얼굴이 새파랗게 질려 벌벌 떨고 있었다. 월향이 놀란 표정으로 마당으로 달려 나왔고, 그 뒤를 공진이 뒤따랐다.

"소녀가 변상하여 드릴 테니 제발 용서해주세요." 월향이 그 중 한 양반의 도포 자락을 부여잡고 애걸했다.

"변상? 네년들 몸뚱이를 팔아봐라. 어디서 이런 걸 살 수 있는지."

그 순간, 월향은 양반의 도포자락을 손에서 놓으며 단호한 목소리로 말했다.

"말씀이 지나치신 듯합니다."

"이년이 감히 어디서!"

그때였다. 공진이 나서 월향을 때리려는 사내의 손을 잡고 지그시 내리눌렀다.

"네… 네 이놈! 어… 어디 천것 주제에 함부로 양반의 몸에 손을 대느냐!"

"뭐? 천것?"

공진은 양반의 얼굴을 내리칠 듯 주먹을 높이 처들었다. 순간 양반 일행은 움찔하며 몇 발짝 뒤로 물러섰다.

"어? 여기요, 여기!"

공진은 기둥 옆에 서 있던 돌석을 발견하자 큰 소리로 부르며 뛰어갔다. 양반 일행은 공진의 돌발적인 행동에 잠시 멍한 표정으로 돌석을 향해 시선을 돌렸다. 공진은 난감해하는 돌석의 팔을 잡아끌었다.

"어허, 자네, 지금 이게… 여보게!"

"니들. 다 죽었어. 이분이 누군지 알아? 어침장이시라고, 어침장!"

돌석은 시선을 돌리며 연신 헛기침을 해댔다.

"어침장? 사내놈이 바느질이나 하는 주제에 어침장은 무슨, 얼어죽을!" 어린 기생의 머리채를 잡아챘던 사내는 경멸하는 눈빛으로 돌석을 쏘아보며 막말을 해댔다.

그러나 뒤에 서 있던 양반 하나가 넌지시 귓속말을 하자 사내는 흠칫 놀라며 돌석을 바라보았다.

"좋다. 지금 네놈들이 한 짓은 눈감아주도록 하마, 허나, 내 이 귀한 옷을 망친 이년만은 절대 가만두지 않을 터, 어떠냐, 네 년 몸뚱이를 팔아 변상하겠느냐, 아니면 내 수청을 들겠느냐?"

막무가내로 행패를 부리던 사내의 태도가 상당히 누그러

졌다.

"소녀…." 어린 기생은 울먹이며 망설였다.

"아, 나 진짜, 대단치도 않은 옷 하나 가지고 수청을 들라 마라야. 거 다시 만들어 주면 될 거 아니야!"

"만들어? 네가? 하하! 네 이놈, 이게 어떤 옷인지나 알고 하는 소리냐? 이 옷으로 말할 것 같으면 청나라에서 가장 유명한 비단 전…."

"대명당에서 파는 조하금(朝霞錦)이라는 최상품 비단으로 만든 옷이올시다." 갑자기 사내의 말을 자르며 돌석이 말을 이었다. "그런데 조하금은 예로부터 중국 황실에 진상되는 최상품 비단을 말하는데, 조하금의 조 자가 우리 조선을 뜻한다는 걸, 설마 우리 나으리께서 모르시는건 아니겠지요?" 돌석의 말은 청산유수처럼 흘렀다.

"내, 내가 모를 리가 있겠느냐." 돌석의 말에 기가 꺾인 사내가 작은 목소리로 대답했다.

"그런데 이건, 모양만 같을 뿐, 빛깔로 봐선 그보다 못한 명주비단인데, 쯧쯧쯧, 아무래도 나으리께서 속아 사신 듯합니다."

"뭐야? 그럼 짝퉁이야?" 공진은 조롱하듯 한마디 내뱉고는 사내의 얼굴을 빤히 쳐다보았다.

"네… 네놈이 지금 무슨 소리를 하는 게냐!"

사내는 부릅뜬 눈으로 돌석을 노려보았다.

"소인, 궐에서 바느질한 세월만 삼십 년이올시다. 저와 내기를 하셔도 좋습니다."

어느새 돌석의 뒤로 수십 명의 기녀가 도열해 있었다. 양반들은 돌석의 단호한 어투에 기가 죽은 듯 서로 눈치를 살피더니 잰걸음으로 취향루를 빠져나갔다.

공진은 돌석의 뒷모습을 묵묵히 바라보았다. 삼십 년 바느질 인생의 무게를 보여주듯 돌석은 유독 왼쪽 어깨가 비스듬히 기울어 있었다. 공진은 처음으로 돌석의 그 비스듬한 뒷모습에서 은근히 풍기는 사람 냄새를 맡았다. 부동자세로 서 있던 돌석은 볼일을 다 보았다는 듯 헛기침을 한 번 하고는 취향루를 나섰다. 공진은 돌석의 뒤를 따라 나섰다.

"아으, 아주 속이 다 시원하네."

공진은 친한 척하며 돌석의 옆에 나란히 서서 걸었다. 발길을 옮기던 돌석은 갑자기 걸음을 멈추고 정색하며 공진을 노려보았다.

"잘 들어라. 네놈이 어디서 굴러먹다 온 놈인지 내 알 바 아니나, 난 어침장이다. 너처럼 근본도 없는 놈하고 한편으로 엮일 그런 인생이 아니란 말이다. 알겠느냐?" 돌석의 말은 비단을 자르듯 단호했다.

"에헤이, 방금 전에 양반놈들하고 싸울 때에도 내 편을 들어주시구선 갑자기 왜 또 그러시우?" 공진은 능글맞게 대답했다.

"하나만 묻자. 너는 사내놈이 왜 옷을 만드는 게냐?"

"글쎄요. 뭐… 기생들한테 공술이나 얻어먹으려고?"

"……"

공진의 황당한 대답에 돌석은 말문이 막혔다.

"어첨장 어른, 곧 양반 된다면서요?" 공진은 마치 자기가 양반이라도 되는 것처럼 해맑은 표정으로 히죽거렸다. "맨 양반들 옷만 지어주시다가 직접 입을 도포 한 벌 멋들어지게 지어 입으시면 아주 기분 째지시겠네!"

"우습냐?"

"우습긴… 개나 소나 명품에 미친 세상 아닙니까. 아까 그놈들이 입은 도포 못 보셨소? 눈도 없는 놈들이 몸에 걸친 비단이 어찌나 안쓰럽던지."

공진의 너스레에 돌석의 입꼬리가 실룩였다.

"오. 표정을 보니 뭔가 있네, 있어. 내 말이 맞죠? 혹시 벌써 만들어둔 거 아니우?"

"어허. 이 사람이!"

돌석은 잠시 걸음을 멈췄다.

"뭐 굳이 생각 정도는 해볼 수 있겠지." 돌석의 말투가 살가워졌다. "최고급 옥색 비단에 소매를 여기까지 오게 아주 크게 만들 걸세." 돌석은 은근한 미소를 품은 표정으로 말했다.

"나라면 거기에 소매 끝만 좁게 하고, 밑은 둥글게 퍼지게 할 거요. 물고기 배처럼."

공진은 머릿속으로 옷의 모양새를 상상하는 듯 들뜬 표정으로 말했다.

"옷고름에는 금실로 수를 놓고, 허리에는 방울도 달고."

돌석이 즐거운 듯 말을 이었다.

"방울은 좀 촌스럽지 않나? 옥이면 몰라도."

"내 옷일세!"

돌석은 공진을 째려보았다.

"아. 알았어요. 아예, 쌍방울로 달지."

"뭐라?"

"저기 저 달 보이시죠? 눈을 감아봐요."

"눈은 왜?"

"아이 참, 일단 감아보시라니까, 어서요!"

돌석은 아이처럼 떼를 쓰는 공진의 강요에 못 이겨 얼른 눈을 감았다.

"저 밤하늘에 뜬 달을 상상해보세요."

공진의 목소리가 낮게 깔렸다.

"달처럼 노란 천 두루마기에는 저 별들을 수놓고, 동정은 두껍게 만들고, 아주 크고 둥근 갓에는 금색 실로 구슬을 꿴 갓끈을 다는 거죠. 그리고 걸을 때마다 살짝살짝 드러나게 해처럼 붉은색 안감을 붙이는 거예요. 그걸 입고 저 달 위를 걸으면 절구질하는 토끼들도 어침장 어른을 부러워하는 눈으로 바라볼 거예요."

공진의 말을 듣고 있는 동안 돌석의 머릿속에서는 이상하리만치 또렷하게 옷의 모양새가 떠올랐다.

"양반 되는 날 말하세요. 이 몸이 옷 한 벌 쨍하게 만들어 드릴라니까."

"날 광대로 만들려는 게냐? 하하하하!"

돌석은 평소답지 않게 큰 소리로 너털웃음을 터뜨렸다. 정말 오랜만에 마음 놓고 터뜨린 웃음이었다. 영롱한 달빛이 두 사람의 마음을 어루만지듯 은은하게 비치고 있었다.

8. 왕비는 누구의 여자인가

왕비는 지밀을 앞세우고 서둘러 대조전을 나섰다. 이른 시간인데도 왕비는 이마를 스치는 바람에서 약간의 온기를 느낄 수 있었다. 왕비는 종종 몸에 좋은 차를 골라 아침 일찍 희정당을 찾곤 했다. 이렇게라도 하지 않으면 궐 안에 있어도 용안을 뵈올 수 없었기 때문이다. 왕비가 희정당 초입에 들어서자 왕은 이미 침전 앞 댓돌에 내려서고 있었다. 왕비는 왕의 용안이 수척한 데다 안색까지 노르족족해지자, 그것이 마치 자신의 잘못인 양 명치끝이 저렸다. 만기(萬機)라는 말이 뜻하듯 왕의 삶은 과도한 업무의 연속인 데다 상상을 초월하는 정치적인 소용돌이의 중심에 놓인 터라 아차 하는 순간에 기력이 모조리 소진될 수 있었다. 왕비는 왕의 옥체가 상복을 입었을 때보다 더 여윈 듯해 몹시 안타까웠다. 왕 가까이서 무엇이든 함께 나누고 싶었지만 이상하리만큼 왕은 왕비에게 작은 틈조차 보여주지 않았다. 이런 왕의 태도 때문에 자신을 둘러싼 소문이 궐내에 파다하게 퍼져 있다는 사실을 왕비도 잘 알고 있었다. 소문이란 궐의 특징을 드러내는 일종의 잣대기도 했다. 그런 탓에 궐의 속성을 잘 파악하는 이들은 소문을 능수능란하게 활용할 줄도 알았다. 왕비는 본의 아니게 궐내 소문의 좋은 재료가 되어버렸다.

중전이라는 자리는 단순히 조선의 국모라는 상징성만이 있는 것이 아니라 궐내의 내명부를 총괄하는 실질적인 지위까지 담보하고 있었다. 왕비는 물론 이런 사실을 알고 있었지만, 중전이기 이전에 한 남자의 아내이기도 했다. 왕비는 왕과 부부의 정을 온전히 채우지 못한 채 살아가는 현실에 늘 애틋한 아쉬움을 느끼고 있었다. 그런데 사대부 처들의 수다에서 병판의 여식 운운하는 대목을 듣고는 궐 뒤편의 안산이 무너져 내리는 것 같은 충격을 받았다. 왕의 얼굴이 수척한 만큼 왕비의 얼굴에도 그늘이 드리워졌다.

"밤새 편안하셨는지요. 전하." 왕비는 걱정스러운 얼굴로 문안인사를 드렸다.

"중전도 잘 지내셨소. 궁이란 곳이 사람을 잊게 만드는구려. 허허허."

왕은 뜻밖이라는 표정으로 헛웃음을 흘렸다.

왕비 앞에 있던 지밀상궁은 능숙하게 찻잔이 놓인 쟁반을 왕에게 올렸다.

"요즘 배앓이를 하신다 들어 복령차를 만들어보았사옵니다."

왕비와 마주하기가 불편한 듯, 왕은 어서 자리를 뜨고자 찻잔을 단숨에 들이켜더니 뜨겁다는 듯 입술을 둥글게 오므렸다.

"으으음, 다음엔 식혜가 좋겠소."

왕비는 어두운 표정으로 말없이 고개를 숙였다. 왕은 왕비를 뒤로한 채 오래전 기억을 더듬으며 희정당 밖으로 나섰다.

꽃밭에서는 형형색색의 꽃들이 경쟁하듯 자태를 뽐냈다. 꽃밭 근처에서는 앳되고 아리따운 처녀들이 투호 놀이를 하고 있었다. 유독 수줍음을 많이 타는 어린 왕자는 난간의 기둥 뒤에 숨어 처자들을 몰래 훔쳐보고 있었다. 왕자는 무척 흰 얼굴에 눈망울이 초롱초롱 반짝이고, 삼단 같은 머리채가 유난히 검은 한 처녀에게 시선을 고정하고 있었다. 긴 막대를 잡은 처녀의 희고 긴 손가락은 왕자의 마음속에 지워지지 않을 잔상을 남겼다. 처녀도 왕자의 시선이 자신에게 고정되어 있다는 것을 알고 있는 눈치였다. 처자는 왼손으로 뺨을 만지며 살며시 고개를 돌려 왕자에게 흘끔 눈길을 주었다. 처녀의 시선과 마주친 순간, 왕자의 입에서는 저절로 '앗!' 하고 짧은 감탄사가 흘러나왔다. 처녀의 하얀 손끝은 붉은 입술을 살며시 건드리며 말 없는 말을 간절히 전하고 있었다. 왕자는 손끝이 전하는 의미가 무엇인지 알 수 있었다. 왕자도 손끝으로 자신의 입술을 만지며 처녀를 바라보았다. 순간, 처녀의 입가에 은은한 미소가 흐르더니, 오른손에 쥔 막대가 포물선을 그리며 항아리 안으로 빨려들어갔다. 왕자는 그 항아리가 자신의 가슴이라도 되는 듯 짜릿하고도 달콤한 아픔을 느꼈다.

그때였다. 어린 왕자는 오른쪽 어깨가 묵직해지는 것을 느꼈다. 고개를 돌려보니 형이 장난기 어린 표정으로 그의 어깨에 손을 얹고 있었다. 형은 거기 뭐 볼 게 있다고 그러고 있느냐는 핀잔과 처녀들에게 관심을 보이는 어린 아우를 놀리고 싶은 장난기가 뒤섞인 묘한 표정을 지었다. 아직 앳된 티를 벗지 못한 작은 왕자와 벌써 의젓한 티가 나는 큰 왕자는 단지 여섯 살 차이였지만, 두 사람 사이에는 건널 수 없는 심연이 가로놓여 있었다. 천진난만한 작은 왕자와 달리 큰 왕자는 이미 어른의 세계에 한 발을 들여놓고 있었다. 형의 장난기 어린 미소에 부끄러움을 느낀 어린 왕자는 두 뺨이 화끈거렸다.

"저 아이냐?"

"……"

큰 왕자는 우물쭈물하는 아우의 어깨를 툭 치더니 성큼성큼 주합루 쪽으로 걸어갔다.

어린 왕자가 주합루에 도착했을 때에는 열 명이 넘던 처녀 중에서 선발된 다섯 명만이 남아 있었다. 연로한 부왕은 큰 왕자 옆에 서서 다섯 명의 처녀를 지긋이 내려다보았다. 파란만장한 세월을 헤쳐 온 부왕의 이마에는 밭고랑처럼 깊은 주름이 파여 있었지만, 눈빛만큼은 종이라도 뚫을 듯 예리했다. 몸은 이미 노쇠하여 기력이 없었지만, 등 뒤로부터 범접할 수 없는 기운이 뻗치고 있었다. 부왕은 다섯 처녀 모두 마음에 드는지 흐뭇한 표정을 짓고 있었다. 부왕은 큰 왕자를 남겨놓고 홀로 천천히 걸음을 옮겨 주합루 한편에 있는 난간을 두 손으로 짚고 부용지를 내려다보았다. 만감이 교차하는 듯 부왕의 입에서 짧은 한숨이 새어 나왔다.

작은 왕자의 시선은 큰 왕자의 어깨 너머를 향하고 있었다. 그곳에는 투호 놀이를 하던 흰 얼굴의 처녀가 서 있었다. 큰 왕자가 앞으로 한 걸음 나아가자, 왕자의 몸에 가려 처녀의 얼굴이 보이지 않았다. 순간 작은 왕자는 움찔하며 주먹을 쥐었다. 손바닥은 땀으로 미끈거렸다. 큰 왕자는 그녀 앞에서 한동안 꼼짝도 하지 않고 서 있었다. 작은 왕자는 목석처럼 서 있는 형의 모습을 보면서 입안이 바싹 말랐다. 큰 왕자는 골똘히 생각에 잠긴 듯 한쪽으로 고개를 기울이고 있었다. 그 틈새로 처녀의 얼굴이 보였다. 그녀의 검은 눈동자가 심하게 흔들리는 것을 작은 왕자는 똑똑히 보았다. 그러나 그녀와의 사이에는 단단히 쌓아 올린 성벽처럼 큰 왕자가 버티고 있었다. 불과 십여 척 남짓 떨어져 있었지만 그 거리가 작은 왕자에게는 아득히 멀게만 느껴졌다.

한동안 같은 자리에 서 있던 큰 왕자는 손을 내밀어 오른쪽에 있는 다른 처녀의 손을 잡았다. 불쑥 손을 잡힌 처녀는 입술이 파르르 떨리는가 싶더니 이내 공손하게 허리를 숙였다. 부용지를 물끄러미 바라보던 부왕은 몸을 돌려 큰 왕자가 선택한 처녀를 바라보며 대견하다는 듯이 고개를 끄덕였다. 큰 왕자의 왕자비 간택은 그렇게 끝났다.

"아바마마."

큰 왕자가 부르는 소리에 부왕은 눈을 크게 떴다.

"아우도 이제 가례를 올릴 나이온데… 간택받지 못한 처녀 중에서 한 사람과 짝을 지어주는 것은 어떠신지요?"

큰 왕자는 아우에게로 눈길을 돌리며 뜻밖의 제안을 했다.

"좋은 생각이로구나."

부왕의 얼굴에 자상한 미소가 번졌다. 작은 왕자와 눈을 맞췄던 처녀의 경직되었던 얼굴에도 은은하게 미소가 피어났다. 큰 왕자는 아우에게 오라고 손짓했다. 작은 왕자는 형의 눈빛이 순간 비릿하게 느껴졌다. 작은 왕자는 엉거주춤한 걸음걸이로 큰 왕자 곁으로 다가갔다. 숨이 가쁘고 다리가 후들거려 눈앞에서 있는 처녀들을 제대로 보지도 못했다.

"마음에 드는 처자가 있느냐?" 부왕이 온화한 목소리로 물었다.

"……"

"마음에 드는 처자가 있는 게냐?" 재차 묻는 부왕의 목소리가 커졌다.

"네."

자신도 모르게 대답이 튀어나왔다. 어느새 왕자는 왼손으로 앞에 선 처녀의 옷자락을 움켜쥐고 있었다. 작고 가느다란 왕자의 손끝이 미세하게 떨리고 있었다.

왕은 잠시 걸음을 멈추고 왼손을 들어 손바닥을 펴보았다.

'나도 이 손으로 중전의 옷자락을 붙잡았지.'

왕은 혼잣말을 하며 주먹을 쥐었다 펴보았다. 왕에게 그 시절은 기억 저편에 봉인된 시간처럼 까마득하기만 했다.

그날 어린 왕자가 중전의 옷자락을 부여잡았던 것도 어찌 보면 살아남으려는 본능적 반응이었다. 당시 부왕과 형은 그 존재만으로도 누름돌처럼 늘 마음 한구석을 짓누르고 있었다. 부왕이 통치했던 시기에는 남인과 서인이 벌이는 피비린내 나는 싸움이 끊일 날이 없었다. 삼 년이 멀다 하고 피의 숙청이 이루어졌지만, 어린 왕자는 그 살벌한 어른들의 세계를 이해할 수 없었고, 이런 정변들은 괴물 같은 공포가 되어 어린 왕자를 두려움에 떨게 했다. 부왕의 피를 나누어 받았다는 어쩔 수 없는 이유로, 게다가 형과는 모친이 다른 상황 탓에 그는 복잡한 궐내 정치의 이합집산에 늘 고려의 대상이 될 수밖에 없었다.

어른스러웠던 형은 어떻게든 아우를 배려하려고 했다. 그가 조금씩 철이 들자, 형은 틈날 때마다 아우에게 비정한 권력의 속성을 일깨워주려고 했다. 하지만 아우는 그런 형의 태도가 때로 불편하고 부담스러웠다. 자신의 혼례 문제만 해도 이런 상황과 연관되어 있었다. 사실 그날은 자신의 혼례 문제와 전혀 상관없는 날이었다. 형의 빠른 눈치 탓에 예정에 없이 한 여인을 선택하게 되었고, 그 여인은 결국 평생을 함께해야 할 중전이 되었다. 물론 그 여인을 택했던 사람은 바로 자신이었다. 그러나 그 선택에 형의 판단이 결정적으로 작용했던 것도 사실이었다. 만일 형이 먼저 지금의 중전을 택했더라면, 중전은 자신의 호불호와 상관없이 형의 여자가 되었으리라. 이렇듯 궐은 권력의 향방에 따라 위계가 질서정연하게 정해진 세계였다. 자신의 운명이 형의 손에 달렸다는 자각이 들자 그때부터 왠지 중전에게 마음이 가지 않았다. 그렇게 왕은 혼례를 치른 당일 밤에 신방을 찾지 않았다. 마음 깊은 곳 어딘가에서 왕비를 거부하고 있었던 것이다.

세상은 어느덧 달라져 있었다. 영속할 것만 같았던 부왕의 시대는 끝났고, 모두가 성군이 되리라 기대했던 형도 어처구니없이 생을 마감했다. 그리고 아우는 이들의 빈자리를 물려받았다. 인생사 새옹지마라는 말이 새삼스러웠다. 그러나 이런 상황에서도 중전을 향해서는 좀처럼 마음의 문이 열리지 않았다. 비록 만인이 우러르는 용상을 차지하고 앉았건만 마음속 어딘가에는 여전히 허전한 빈 구석이 남아 있었다. 게다가 끌사납게도 궐의 대신들은 이구동성으로 중전을 폐하라고 종용하고 있었다. 이것은 중전의 양쪽 팔을 선대의 왕과 현재의 대신들이 각각 나누어 잡은 채 줄다리기를 하고 있는 형국이었다. 거대한 궐 안에서 이런 어처구니없는 일이 거창한 명분을 내세워 벌어지고 있었다. 왕은 이 팽팽한 줄다리기를 조선의 군주답게 종식하리라 마음먹었다. 그렇게 다짐하자 왠지 선정전으로 향하는 발걸음이 가볍게 느껴졌다.

9. 수면 아래의 소용돌이

북촌 언덕 위에 자리 잡은 병조판서 저택의 모양새는 주인을 닮아 묵직하면서도 절도가 있었다. 사랑채에 붙은 툇마루는 길고 폭이 넓어 여염집 대청마루를 길게 늘여놓은 것처럼 보였다. 내별당 안쪽 대나무 밭은 정갈하게 손질되어 마치 명성이 자자한 유덕장의 대나무 그림을 보는 것만 같았다. 집안의 대사를 앞둔지라 내별당과 안채를 오가는 하인들의 움직임이 부산스러웠다. 돌석은 시전의 공방을 나서면서도 계속 고민했다. 북촌으로 발걸음을 옮기는 것은 이미 병판의 당부를 받아들인 것이나 다름없었다. 그러나 한편으로는 끓는 솥의 뚜껑 틈새로 김이 새듯 마음을 가득 채운 불안이 무시하지 못할 힘으로 삐져나오는 것을 막을 도리가 없었다.

그사이 돌석은 그 나름대로 궐내 분위기를 살펴보았다. 그러나 상황은 한 치 앞을 가늠하기 어려웠다. 영의정을 중심으로 한 대신들의 움직임은 비교적 명료한 편이었다. 문제는 왕이었다. 왕은 궐 안의 그 누구도 신뢰하지 않는 듯 홀로 사색하는 시간이 많은 데다 이따금 상식을 벗어난 돌출 행동으로 대신들을 긴장시키곤 했다. 비교적 왕과 가까운 거리에 있는 돌석도 왕의 속내를 파악하기는 쉽지 않았다.

이런 상황에서 돌석의 발길은 병판 집의 솟을대문을 넘어서고 있었다. 내별당에는 앳된 얼굴이지만 농염한 분위기를 풍기는 병판의 여식이 들뜬 표정으로 서 있었다. 하관의 윤곽이 뚜렷한 데다 입술은 작고 야무져 전체적으로 예쁜 얼굴이지만 인상은 은근히 고집스러워 보였다. 돌석은 대나무 발을 사이에 두고 여인의 몸 치수를 눈썰미로 가늠해가며 종이에 적었다. 체구는 아담했지만 단단해 보였다.

"치마 길이를 재게 돌아서시옵소서." 돌석이 말했다.

"다시 말해보거라!" 여인의 말투는 단숨에 상대의 기를 꺾으려는 듯 단호했다.

돌석은 벌에 쏘인 것처럼 정신이 바짝 들어 부복한 자세로 마당 밖을 돌아 건물의 반대 창가까지 갔다. 그곳에서 여인의 희미한 뒷모습을 보고 치수를 가늠했다.

"어침장이라 했는가?" 여인은 다소 누그러진 말투로 돌석에게 물었다.

"그러하옵니다."

"최대한 화려하게 만들어야 할 것이야. 중전마마가 치르셨던 가례 못지않은 성대한 가례식이 될 테니까."

여인의 얼굴은 이미 궐의 안주인이라도 된 듯 도도함이 넘쳤다. 돌석은 말을 삼간 채 허리를 숙였다. 치수를 재고 나자 마당 한쪽에 서 있던 병판이 손짓했다. 돌석은 몇 가지 도구들을 챙겨 병판 옆으로 다가갔다.

"자, 잠시 사랑채 가세나." 병판은 오랜 친우처럼 다정하게 말했다. 두 사람은 사랑채 대청마루에 걸터앉았다.

"수고 많았네. 시간이 제법 걸리지 않겠는가?"

호방한 성격의 병판이었지만 목소리에서 걱정스러움이 묻어났다.

"가례식에 지장 없도록 하겠습니다."

"어침장이야, 워낙, 확실한 사람이니 내 믿고 맡김세. 하나뿐인 여식이라, 신경이 쓰여서…."

"걱정 놓으십시오." 돌석은 진심으로 말했다.

"가례식은 자네 전문 아닌가, 애 좀 써주시게나."

"알겠사옵니다."

"양반만 된다고 뭐 크게 달라지겠는가."

병판의 표정은 사뭇 진지했다.

"그때도 지금처럼 쭉 가야 하지 않겠는가?"

"……"

단도직입적인 병판의 말에 돌석은 입이 쉽게 떨어지지 않았다.

"하하하하하, 천하의 어침장께서 뭐 그리 심각하신가, 자네도 궐에서 자그마치 삼십 년 아닌가."

"그게 아니라…."

돌석 또한 궐내의 정치적 이합집산은 어지간히 봐온 터였다. 그 과정에서 체득한 한 가지 교훈은 한 길 사람 속은 알 수 없다는 사실이었다. 궐은 속을 알 수 없는 사람들이 한데 모여 살고 일하는 곳이었다. 돌석은 자신에 대한 왕의 신임이 두텁다는 것을 알고 있었다. 하지만 병판의 여식을 궁으로 들이려는 왕의 의중에 무엇이 숨어 있는지는 전혀 짐작할 수 없었다. 이번 가례식이 영의정과 병판을 중심으로 한 몇몇 대신의 합작품이라는 사실은 세 살 먹은 아이도 알 수 있었다. 대신들의 일거수일투족에 민감한 왕이 이런 사실을 모를 리 없었다. 그런데도 왕은 대신들의 꿍꿍이를 아는지 모르는지 그대로 따라가고 있었다. 돌석은 왕의 속셈을 전혀 알 수 없었기에 뭔가 확신이 서기까지는 그저 몸을 낮추고 눈에 띄지 않게 처신하기로 작정했다. 무엇보다도 오해를 살 만한 행동을 하지 말아야 했다.

"상의원에 일이 있어 이만 물러가겠습니다."

"그런가? 어서 가보시게. 이번 일은 어침장만 믿겠네."

병판은 솟을대문까지 마중을 나왔다. 돌석은 북촌 언덕길을 내려가는 내내 앞으로 왕과 영의정 사이에서 벌어질 수 있는 일들을 곰곰이 생각해보았다.

돌석은 상의원에 들어서자마자 옷을 갈아입고 곧바로 마당으로 나섰다. 예정대로 침선비가 되고자 하는 아이들이 담장 밑에 줄지어 서 있었다. 큰 나무 그늘 밑으로 시원한 바람이 밀려 들어 나뭇잎 부딪치는 소리가 경쾌했다. 대길이 돌석에게 다가와 인사했다.

"준비되었사옵니다."

"음, 그런 것 같구나. 어디 볼까."

"자, 모두 손을 내밀어라."

대길의 말이 떨어지자 아이들은 긴장한 표정으로 일제히 양손을 내밀었다.

돌석은 천천히 아이들의 손을 살피며 지나가다 유난히 손이 고운 아이 앞에 멈춰 섰다. 돌석은 자신의 거친 손으로 희고 작은 아이의 손을 이리저리 만져보고는 손바닥에 곶감을 하나 올려놓았다. 그리고 상념에 잠긴 듯 흐려진 눈동자로 아이를 내려다보며 말했다.

"바느질하기 좋은 손이구나."

돌석이 상의원 안으로 들어오자 작업하던 장인들이 일제히 일손을 멈추고 그를 향해 목례를 보냈다. 새로 뽑힌 아이들이 그의 뒤를 따르고 있었다. 돌석은 공방으로 가는 길에 공진의 자리를 흘낏 바라보았다. 작업실에 앉아 흥얼거리며 바느질을 하고 있던 공진은 돌석과 시선이 마주치자 장난기가 가득한 표정으로 눈인사를 했다. 돌석은 멋쩍은 표정으로 시선을 거두고 공방으로 들어갔다.

"공진아!"

판수가 숨이라도 넘어갈 듯 헐떡이며 상의원으로 뛰어들더니 바닥에 널렸던 비단 조각을 밟고는 휘청거리다 넘어졌다. 작업하던 장인들의 시선이 일제히 판수에게로 쏠렸다.

"……?"

공진도 판수를 바라보았다. 상의원 입구에 지밀이 서 있었다.

왕비의 호출을 받은 공진은 지밀을 따라 상의원을 나섰다. 왕비가 무슨 일로 자신을 찾는지 궁금해 지밀에게 이것저것 물어보았으나 지밀은 대조전에 다다를 때까지 한 마디도 하지 않았다. 왕비가 아끼는 심복답게 지밀의 입은 바위처럼 무거웠다. 공진은 대조전 안에 들어서자 바닥에 코가 닿도록 넙죽 엎드렸다. 잠시 후 문이 열리고 왕비가 방 안으로 들어와 허리를 꼿꼿이 세우고 자리에 앉았다.

"상의원 생활은 할 만한지요?"

"네, 마마."

긴장과 설렘이 엇갈리며 마음에 파문이 일었다.

"오늘 이리 부른 것은 부탁이 있어서입니다." 왕비는 공진을 넌지시 바라보며 본론을 꺼냈다.

"……"

공진은 부탁이라는 말에 호기심이 발동했다.

"전하께서 내게 당의를 하사하셔서 나도 답례를 할까 하는

데… 전하께서 그대가 지은 옷을 아주 흡족해하시니, 전하께 올릴 옷을 한 벌 지어주었으면 합니다."

"……"

공진은 엎드린 채 아무 대답도 하지 않았다.

"흐흠." 옆에 서 있던 지밀이 헛기침을 했다.

"황공하오나 마마께서 직접 만드시는 게 어떠하올지…."

"……?"

공진의 말에 왕비의 눈이 휘둥그레졌다.

"꼭 옷이 아니어도 좋습니다. 작은 것이라도 직접 만드신다면… 소인 생각에는 전하께서 더 기뻐하시지 않을까 합니다." 공진은 차분하게 말을 이었다.

"무례하오! 마마께서 하명하시는데!" 지밀의 언성이 높아졌다.

"작은 것이라면, 버선 같은 것을 말하는 겁니까?" 왕비는 고개를 갸우뚱하며 물었다.

"버선은 매번 하사하시니, 다른 것이 어떨까 싶사옵니다."

"다른 것이라 하면…."

왕비는 호기심 어린 눈길로 공진을 바라보았다.

"속곳은 어떠 하오신지요?"

"망측하게 어찌 그런 걸…."

왕비의 얼굴이 발그레해졌다.

"마마와 전하께서는 부부 사이시온데 망측할 것이 무엇이 있겠사옵니까."

"내가 할 수 있겠습니까?"

"소신이 성심껏 도와드리겠사옵니다. 그리고…." 공진은 갑자기 말을 멈추고 눈을 여러 차례 깜빡였다.

"……?"

"마마께서 그것을 만드시는 동안… 소인, 마마께서 주상전하를 알현하실 때 입으실 옷을 한 벌 지어 올리고 싶사오니 부디 윤허하여 주시옵소서."

고개를 숙이는 공진의 목소리에 간절함이 배어 있었다. 왕비는 안도하는 눈빛으로 공진을 바라보았다.

공진은 복잡한 시전 골목을 오가는 사람들을 헤치며 달리고 있었다. 면자전을 비롯해 백목전이나 청포전에도 물건을 사려는 사람들로 발 디딜 틈이 없었다. 어깨를 부딪친 여염집 부인의 표정이 일그러졌지만 공진은 아랑곳하지 않았다. 실성한 사람처럼 내달리다 면주전 모퉁이를 돌고 나서야 걸음을 멈췄다. 시야에 돌석의 점포가 들어오자 공진은 가쁜 숨을 몰아쉬면서도 활짝 웃고 있었다.

"어침장님! 어침장님!" 공진은 어명을 하사받은 전령처럼 목소리를 크게 내질렀다. 점포 앞을 지나가는 행인들의 표정이 망나니라도 보는 듯 일그러졌다.

"어침장님! 어침장님!" 공진은 아랑곳 하지 않고 다시 한 번 소리를 질렀다.

"여긴 어인 일이냐?"

대길이 전 입구에서 튀어나왔다.

"어침장 여기 있소?"

대길의 말은 무시한 채, 공진은 전 안으로 머리를 들이밀었다.

"자네…."

돌석이 놀란 얼굴로 문밖으로 나왔다.

"무슨 일인가?"

공진은 돌석의 팔을 다짜고짜 잡아끌며 무작정 전 안으로 들어갔다.

"혹시 전하의 속곳이 어떻게 생겼는지 아시는지요?"

돌석은 공진의 말에 어처구니가 없었다.

"전하의 속곳? 그건 왜?"

"그냥 갑자기 궁금해서요."

"그거 때문에 이 소란을 피운 겐가, 자네?"

급한 용무라도 있는지 돌석의 목소리는 빠르고 단호했다.

공진은 돌석이 내준 왕의 속곳을 이리저리 돌리며 살펴보더니 급기야는 킁킁거리며 냄새까지 맡았다.

"내 거랑 별로 다르지도 않구만. 난 전하께서 입으시는 거라고 해서 한가운데 큰 용이라도 한 마리 큼직하게 새겨 넣은 줄 알았지."

"자네 지금 뭐 하는 겐가?"

"……"

대답 대신 공진의 시선은 의대 틀에 걸려 있는 가례복으로 향했다.

"혹시…."

공진은 돌석의 얼굴을 빤히 쳐다보았다. 돌석은 비밀에 부쳐져야 할 작업이 노출된 것 같아 난감한 기분이 들었다.

"장가가세요?"

"뭐라? 이 사람이."

공진의 말에 돌석은 헛웃음을 지었다.

공진은 가례복에 정교하게 놓인 수를 보고 깜짝 놀라는 표정을 지었다.

"역시, 어침장님이십니다."

"허, 참."

돌석은 갑작스러운 공진의 공치사에 쑥스러운 듯 어깨를 으쓱했다.

10. 두 사람의 외출

부용지를 뒤덮은 분홍색 수련 위로 호랑나비 몇 마리가 맴을 돌고 있었다. 아직 개화하지 못한 꽃망울들은 간밤에 비라도 맞았는지 영롱한 물방울을 달고 있었다. 왕비는 후원의 여러 곳 중에서도 유독 부용정을 좋아했다. 크기도 아담한 데다 밖으로 내다보이는 부용지의 풍경이 늘 마음에 위안을 주었기 때문이다. 계절의 변화에 따라 부용지는 시간의 흐름을 감동적으로 펼쳐 보였다. 메마른 가지에 눈이 쌓였다가도 어느새 잎이 돋아나고 또 환하게 꽃이 피었다. 늦가을이 되면 바람을 타고 노랗게 물든 낙엽이 부용정 안으로 날아들었다. 그렇게 부용지의 사계는 화려한 변신을 거듭했다.

화려해 보이는 궁의 생활도 왕비에게는 지루하고 단조로울 뿐이었다. 게다가 늘 남의 이목에 신경을 곤두세워야 하는 궐내 분위기에 때로 숨이 막혀 몸서리치곤 했다. 그럴 때마다 왕비는 부용정에서 주변의 경치를 완상하고 차를 마시며 마음을 달래곤 했다. 부용지는 변화하고 순환하는 세상의 축도이자 말없는 왕비의 대화 상대였다. 영원히 정지한 것만 같았던 궁내의 시간에 변화의 자극을 준 사람은 공진이었다. 왕비는 좋아하는 장소에서 공진에게 바느질을 배우면서 그동안 갈기갈기 찢어졌던 마음의 상처를 한 땀 한 땀 봉합하고 있는 듯한 기분이 들었다.

"잘하고 계시옵니다만, 두 번째 바늘땀은 반 만 가셔도 되옵니다."

"잘하고 계시답니다. 두 번째 바늘땀은 반만 가시랍니다." 지밀이 왕비에게 공진의 말을 전했다.

"처음 보는 바느질입니다?"

왕비는 의아하다는 표정을 지었다.

"처음 보는…." 지밀이 공진의 말을 전하려 했다.

"아, 이것은, 소인이 돌아가신 어머니한테 배운 것이온데… 반당침질이라는 것이옵니다." 공진은 지밀의 말을 자르고 직접 설명했다.

"나도 어머니께 바느질을 배웠지요."

왕비는 부용지 쪽으로 고개를 돌렸다. 왕비의 옆얼굴은 옷깃과 어울려 청초한 분위기를 자아냈다.

"제비꽃을 참 좋아하셨는데… 아버님께서 묘에 제비꽃을 많이 심으시겠다 하셨는데… 정말 그리하셨는지… 한번 가보지도 못하고 있습니다."

왕비의 눈가에 작은 이슬이 맺혔다.

"멀리… 모셨습니까?"

"지척에 두고도, 몸은 만 리 밖에 있는 듯 멀기만 합니다."

"소인, 주상전하께서도 멀리 사냥을 나가셨다 들었습니다."

공진은 천진난만한 얼굴로 대답했다.

"……?"

왕비는 공진의 말에 깜짝 놀라 순간적으로 벌린 입을 다물지 못했다.

궐 밖으로 나간다는 것은 왕비가 상상조차 해본 적이 없는 일이었다. 그러나 한번 마음을 먹자 모험은 뜻밖에도 현실이 되었다. 왕비는 당의를 벗어버리고 실로 오랜만에 평범한 양반집 여인의 옷을 입고 장옷까지 뒤집어썼다. 그런 자신의 모습이 낯설었지만 여염집 옷을 입은 것만으로도 왕비는 짜릿한 흥분을 느꼈다. 지밀은 공진이 건네준 변복을 수상쩍은 표정으로 받아들었다. 그러나 옷을 펼친 지밀은 얼굴이 하얗게 질렸다. 그것은 화려하다 못해 천박해 보이기까지 하는 기생의 옷이었다. 궁안에서는 도저히 입을 수 없는 남세스럽기 짝이 없는 차림이었다. 지밀은 옷을 양손에 쥐고 얼굴을 파묻었다.

"어서 서둘러 입으시오."

공진의 말에 지밀은 눈을 부라리더니 마지못해 갈아입었다.

"음, 뭔가 모자란 것 같은데…."

공진은 지밀의 얼굴을 뚫어지게 보았다.

"그럼, 그렇지."

공진은 갑자기 붓을 들었다.

눈치 빠른 지밀은 공진의 자세를 보고 기겁하여 달아나려 했다. 공진이 지밀의 팔을 잡아끌어 입가에 큰 점을 그려놓고 나니 영락없는 저잣거리 기생 꼴이었다. 궐 밖으로 나선다 생각하자 왕비는 불안했지만 묘한 해방감이 전율처럼 온몸을 타고 올라왔다. 공진과 지밀이 앞장서고 왕비는 한 장 정도 거리를 두고 그들을 뒤따랐다. 궐의 뒷문을 향해 걷는 동안 마주 오는 사람들은 지밀의 옷 매무새를 보고 입을 가리고 웃거나 수군댔다. 지밀은 자신에게 꽂히는 시선 때문에 얼굴이 붉으락푸르락 했다. 그러나 뒷문 근처에 다다를 즈음에는 자신을 향한 사람들의 눈길을 은근히 즐기고 있었다. 일행은 순서를 바꿔 공진이 뒷짐을 지고 걸었고 왕비는 장옷을 뒤집어쓰고 공진의 뒤에 바로 붙어 걸었다. 뒷문을 지키던 수문장 둘이 두 사람을 살펴보려는 찰나 지밀이 잰 걸음으로 앞으로 나섰다. 수문장들은 지밀의 옷차림에 한눈파느라 변복한 왕비와 공진에게는 눈길조차 주지 않았다. 지밀은 일부러 머리를 매만지는 척하며 저고리 밑의 속살까지 드러내고 살랑살랑 걸었다. 수문장들은 혀를 끌끌 차면서도 지밀에게서 눈을 떼지 못했다. 그렇게 세 사람은 생각보다 쉽게 궐 밖으로 나왔다.

"이번 기회에 기방으로 진출하셔도…." 공진은 지밀에게 슬쩍 농쳤다.

"뭐라고 하셨소?"

지밀의 눈썹꼬리가 하늘을 향했다.

"호호호호."

왕비가 웃음을 터트리자 두 사람도 따라 웃었다.

사가의 골목을 걸으면서 왕비는 모든 근심거리를 궐에 두고 나온 듯 마음도 발걸음도 마냥 가벼웠다. 한 걸음 두 걸음 내딛을 때마다 궁중 예절과 법도에 얽매이지 않았던 처녀 시절로 돌아간 것만 같았다. 지밀의 발걸음도 경쾌해져서 어느새 저잣거리 기생처럼 사뿐사뿐 걷고 있었다. 마주치는 사내들은 노골적으로 지밀의 얼굴과 옷차림을 번갈아 훑어보며 지나갔다. 궐의 의대를 벗고 사가의 옷을 입은 것만으로도 세상은 전혀 다르게 보였다. 공진은 팔짱을 끼고 걸으며 두 사람에게 길을 안내했다.

반 시진(時辰) 남짓 걷자 세 사람은 산기슭 초입에 있는 개천에 다다랐다. 오랜 세월이 흐른 듯 돌다리 곳곳에 푸른 이끼가 잔뜩 들러붙어 미끄러워 보였다. 왕비와 지밀은 돌다리 앞에 서서 망설였다. 공진은 사방을 둘러보고 돌다리를 건넌 다음, 개천가에 서 있는 버드나무 가지를 꺾어 왕비에게 내밀었다.

"이것을 잡고 건너시지요, 마마."

공진의 얼굴은 상기되어 있었다.

"……"

왕비는 고개를 끄덕이며 공진이 내민 나뭇가지를 잡았다. 공진은 마치 나뭇가지를 타고 왕비의 손길이 전해지는 것 같은 느낌이 들었다. 왕비가 눈을 내리깔고 한 걸음 한 걸음 조심스럽게 옮겨놓을 때마다 공진은 나뭇가지를 쥔 손에 힘을 넣었다. 그는 돌다리가 짧은 것이 못내 아쉬웠다. 무사히 왕비가 개천을 건너자 공진은 기다리고 있던 지밀을 향해 나뭇가지를 내밀며 다가갔다. 그러나 지밀이 나뭇가지 끝을 잡으려는 찰나 공진은 나뭇가지를 놓았다. 지밀은 몸의 중심을 잃고 기우뚱했다. 공진은 장난기 가득한 얼굴로 재빨리 지밀의 손을 붙잡아 끌었다. 지밀은 눈을 흘기면서도 공진의 장난이 싫지 않은 듯 웃고 있었다.

세 사람이 무사히 개천을 건너자 왕비는 유쾌한 기분으로 앞장서 걸었다. 앞서거니 뒤서거니 하는 세 사람의 뒷모습은 전생에 친구라도 되었던 듯 다정해 보였다. 이들이 싱그러운 바람이 불어오는 숲을 벗어나자 반가의 묘로 보이는 봉분이 눈에 들어왔다. 묘 주변에는 마치 누가 가꾸어놓은 듯 남보랏빛 제비꽃들이 가지런히 피어 있었다. 심지어 봉분 위에도 같은 가지색 제비꽃 몇 송이가 앙증맞게 솟아 있어 무척 정겨워 보였다. 꽃향기가 옷 속으로 물씬 스며들자 왕비의 눈가에 이슬이 맺혔다. 꽃향기는 그토록 간절히 보고 싶었지만 볼 수 없었던 어머니 냄새였다. 왕비는 묘 앞에 무릎을 꿇고 앉아 완만하게 솟아오른 봉분을 쓰다듬었다. 그 손길은 생전의 어머니를 품에 안고 어루만지듯 다정했다. 옆에 서서 물끄러미 내려다보던 지밀의 눈가도 촉촉해졌다.

왕비는 어머니의 체온이라도 느끼려는 듯 봉분에 얼굴을 가져다 댔다. 멍한 얼굴로 왕비의 뒷모습을 바라보던 공진의 눈에서도 눈물이 흘렀다. 공진은 복받쳐 오르는 마음을 진정시키려고 몸을 돌려 멀리 서쪽 하늘을 바라보았다. 그러자 불쌍하게 세상을 떠난 어머니의 얼굴이 아련하게 떠올랐다.

"어머니…."

공진은 상처투성이 어머니 손을 따뜻하게 감싸 쥐고 싶었다. 그러나 어머니는 저 멀리 있었다. 가난 탓에 약 한번 제대로 쓰지 못한 채 맞이했던 어머니의 임종을 생각하자 공진은 맥이 풀려 바닥에 주저앉았다. 장마에 둑이 터진 듯 공진은 소리 내어 울음을 터뜨렸다.

왕은 멀리 과녁을 향해 활시위를 천천히 잡아당겼다. 유학은 선비들이 익혀야 할 여섯 가지 기예의 하나로 활쏘기를 강조하기도 했지만 왕의 활에 대한 사랑은 유난히 각별했다. 일전에 무신 홍화보가 쏜 화살이 여러 차례 과녁을 빗나가자 왕은 각궁이 늘어져 그렇다며 아끼던 활을 즉석에서 하사한 적도 있었다. 이렇듯 활에 정통한 왕인지라 활터 주변은 왕의 활솜씨를 보려고 모여든 사람들로 북적였다. 날카로운 눈으로 과녁을 응시하는 왕은 편전에서 보던 모습과는 사뭇 달리 야성이 넘쳤다. 왕이 활시위를 놓자 화살은 일곱 장 거리에 놓인 과녁을 향해 날아갔다.

"명중이오!"

둥둥! 북소리와 함께 명중을 알리는 목소리가 활터 전체로 울려 퍼졌다. 돌석은 터지는 함성을 비집고 시야를 가로막은 대열을 헤치며 앞으로 나아갔다. 활터 앞쪽에 자리 잡고 있는 대신들의 시선은 모두 과녁을 향하고 있었다. 그러나 돌석의 시선은 반대쪽을 향해 있었다. 그의 관심은 오로지 공진이 지은 왕의 사냥복에 쏠려 있었기 때문이었다. 다시 휙! 하고 바람 가르는 소리가 들렸다.

"명중이오."

다시 한 번 고막을 찢어놓을 듯 탄성이 터져 나왔다.

왕이 이동하는지 대신들의 몸이 일제히 오른쪽으로 쏠렸다. 시야를 가린 대신들 사이로 왕의 모습이 얼핏 보였다. 돌석이 예측했던 대로 왕은 새로 지은 사냥복을 입고 있었다. 비록 뒷모습이었지만 자신이 만든 사냥복과는 품새가 확실히 달랐다. 어깨에서 아래로 떨어지는 윗옷의 선은 날렵했고 소매가 좁아 활동성이 높아 보였다. 새 사냥복은 애초부터 왕을 위해 존재했던 것처럼 왕의 몸과 하나가 되어 있었다. 사냥복답게 움직임을 돋보이게 하면서도 절제된 모양새가 만든 이의 솜씨를 한껏 뽐내고 있었다. 돌석은 가슴이 철렁 내려앉았다. 그 사냥복은 하나부터 열까지 돌석이 본으로 삼았던 기준에서 완전히 벗어나 있었다. 옷은 본을 따른다는 배움대로 충실하게 의대를 만들어온 삼십 년 세월이 순식간에 휘청거리고 있었다. 돌석은 본이 없는 옷은 상상할 필요도 없었고, 상상할 수도 없었다. 그런 그의 눈앞에 본 적도 들은 적도 없는 정체불명의 옷이 있었다.

멍하니 사냥복을 바라보던 돌석의 뇌리에 공진의 얼굴이 떠올랐다. 몇 차례 계기를 통해 돌석은 공진에 대한 자신의 생각이 조금씩 바뀌고 있음을 느끼고 있었다. 바로 그만큼씩 돌석은 공진에게 마음의 문을 열었다. 공진은 궐에서 찾아볼 수 없는 유형의 인간이었다. 종종 어처구니없는 행동으로 짜증이 나기도 했지만 그런 그의 엉뚱함이 밉지만은 않았다. 그러나 공진을 알아갈수록 자신의 내면에서 자라는 불안 또한 걷잡을 수 없이 커져가고 있었다. 공진의 자유분방함과 천부적인 재능 모두 돌석의 가슴을 옥죄었다.

그때였다. 낯익은 목소리가 돌석의 귓전을 찌르고 들었다.

"어침장."

왕은 어느새 활쏘기를 마쳤는지 대열로 다가와 있었다.

"이번 사냥복이 아주 태가 나는구나. 지금까지 어침장이 만들어주었던 옷과는 사뭇 다른 듯하오. 그 침장에게 과인의 다른 옷도 한번 맡겨보는 것이 어떻겠소?"

왕은 흐뭇한 미소를 지으며 손으로 겉옷을 쓸어내렸다.

"네. 전하."

돌석은 대답하고 묵묵히 고개를 숙였다. 어금니를 부러지도록 앙다문 채.

11. 나 홀로 가례식

병판은 여식을 사랑했다. 딸은 강단이 있었고 야심 또한 컸다. 가족을 비롯해 주위 사람들은 딸의 이런 성격 때문에 반가의 규수로 조신하게 살 수 있을지를 늘 걱정했다. 그러나 주변의 우려와 달리, 병판은 딸의 이런 성격을 내심 좋아했다. 비록 여식이지만 성격만큼은 어린 시절의 자신을 쏙 빼닮았기 때문이었다. 그는 무과에 급제하고 젊은 시절을 주로 지방 병영에서 보냈다. 그런 까닭에 불가피하게 장기간 집을 비우는 일이 다반사였다. 이따금 한양에 돌아오면 여식은 쑥쑥 자라 있었다. 병판은 하나밖에 없는 자식이 딸인 것이 늘 안타까웠다. 자신이 평생 터득하고 쌓아온 것을 물려주기에 아무래도 딸은 한계가 있었기 때문이었다. 그러나 딸이 소녀티를 완연히 벗고 나자 이런 생각은 조금씩 바뀌었다. 바야흐로 시대는 점입가경이 되어가고 있었기 때문이었다. 다시 말해 궐내 정치라는 것이 왕의 여자를 둘러싼 이합집산의 장으로 급변하고 있었던 것이다. 물론 이것은 개국 이래 계속된 현상이었지만, 최근 몇 대째 이어진 왕가의 계승을 둘러싼 공방은 시간이 흐를수록 격해졌다. 이제 가문의 여성을 왕의 여자가 되게 하는 일은 정치적 역량의 핵심이자 당파의 번성과 존속을 담보하는 수단이었다. 이런 상황은 모든 붕당에 동일한 정치적 현실이었다. 상황이 이렇게 돌아가고 있었건만, 왕에게는 여전히 후사가 없었다. 그도 그럴 것이 왕은 왕비에게 전혀 곁을 주지 않는 눈치였다. 이런 상황은 궐내 사정에 밝은 사람들에게 쑥덕공론거리조차 되지 못했다. 왕비를 눈엣가시처럼 여기는 세력에게 왕의 후사가 없는 상황은 정치적 입지를 다질 천재일우의 기회였다. 특히 권모술수에 능한 영의정은 복잡한 정치적 상황을 예의주시하면서 병판의 여식을 통해 자신에게 유리한 정치판의 변화를 꾀하려 했다.

병판은 여식이 총명한 데다 세와 술을 읽는 눈이 날카롭다는 점에 은근히 자부심을 느꼈다. 이것은 여느 사대부집 아녀자들에게서는 쉽사리 찾아볼 수 없는 덕목이었다. 게다가 여식은 병판의 집안뿐 아니라 강력한 신권의 뒷받침을 받을 터였다. 신권은 여전히 분열된 상태였지만 세는 이미 한쪽으로 기울고 있었다. 여식은 신권 통합의 구심점이 될 것이 분명했다. 병판은 궁이야말로 예사롭지 않은 여식이 정적들을 상대로 마음껏 기량을 발휘할 수 있는 전장이 되리라 확신했다. 그리고 가례식을 여식이 궐이라는 대결의 장에 입장하는 첫걸음으로 간주했다.

병판의 여식은 어침장이 공들여 만든 가례복을 완벽하게 차려입고 대전을 향해 걷고 있었다. 말로만 듣던 대전의 웅장한 지붕이 멀리서 형태를 드러내자 병판의 딸은 그곳이 마치 자신의 새로운 거처라도 되는 듯 가슴이 마냥 설레었다. 대전과 가까워질수록 북촌의 사가에서 보냈던 시절이 수묵화처럼 아련하게 기억 저편으로 사라지고 있었다. 그녀는 분명 지아비를 맞는 혼례를 앞두고 있었지만 누구보다도 아버지에게 자랑스러운 자식이고 싶었다. 철이 들면서부터, 대를 이를 아들 하나 없이 무남독녀 외딸인 자신만을 바라보며 살아온 아버지의 묵직한 사랑에 보답하고 싶픈 마음을 늘 품고 있었다. 그런데 지금 이 순간 아버지의 은혜에 보답할 길이 눈앞에 시원하게 펼쳐져 있었다. 그 세계는 생각했던 것보다 더 크고 더 넓어 보였다. 병판의 딸은 비록 체구는 작았지만 거대한 미지의 세계에 발을 딛는다 생각하자 기쁨을 넘어 전에 경험해보지 못한 흥분을 느꼈다.

길이 갈리는 지점에 이르자, 앞서 가던 상궁은 대전과 반대 방향으로 난 길로 들어섰다. 궐의 지리가 낯선 병판의 딸은 고개를 살짝 갸우뚱하며 상궁의 안내를 받으며 걸음을 재촉했다. 그렇게 얼마간 걷고 나자 후궁전이 시야에 들어왔다. 상궁은 그녀를 후궁전 마당으로 인도하고 나서 허리를 숙이며 뒤로 물러섰다. 마당에는 조촐한 혼례상이 준비되어 있었다. 기대했던 것과 달리 왕과 대신들의 모습은 어디에도 없었다. 단지 상궁과 궁녀 몇몇이 혼례상 주변에 서 있을 뿐이었다. 가례복을 곱게 차려입은 여인의 붉은 입술이 그제야 떨리기 시작하면서 단정한 이마에 주름이 잡혔다.

"이… 이게 무어란 말이냐?!"

상궁이 대답 대신 궁녀들에게 눈짓을 보냈다. 신호를 받은 궁녀들은 병판의 딸을 혼례상 앞으로 끌어가려 했다. 여인이 몸부림치자 양옆에 서 있던 궁녀들은 그녀를 끌다시피 하여 끝내 혼례상 앞에 세웠다.

"놓아라! 네 이년들! 감히 어느 안전이라고! 이 손 놓지 못하겠느냐!" 여인의 앙칼진 목소리가 후궁전을 둘러싼 대기를 예리하게 가르며 지나갔다.

"중전마마께서 하해와 같은 은덕을 베풀어 정이품 소의(昭儀)로 명하라 하셨사옵니다." 상궁이 근엄한 표정으로 말했다.

"전하… 전하는 어디 계신 게냐! 전하를 불러다오! 전하… 전하…."

울부짖는 그녀 앞에 고이 접은 왕의 곤룡포와 익선관이 놓였다. 여인은 그제야 눈앞에 펼쳐진 상황의 의미를 깨달았다. 눈앞이 잠시 흐릿해지는가 싶더니 눈물이 왈칵 쏟아졌다. 궁녀들이 서글피 우는 그녀를 부축해 곤룡포를 향해 절을 시켰다. 몸을 숙이는 소의의 어깨가 격하게 들썩이고 있었다.

후궁전 침소에는 갓 소녀티를 벗은 여인이 홀로 앉아 있었다. 불을 밝힌 여러 개의 초는 침소를 가득 메운 어둠의 무게에 눌려 힘겹게 흔들리고 있었다. 사방이 적막하고, 혼자 남겨진 여인에게는 온 세상이 멈춰버린 것만 같았다. 궁에 들어온 지 하루도 채 지나지 않았지만 구중심처라는 말이 여인의 가슴에 절절히 사무쳤다. 어린 시절 부친의 무릎에 앉아 이야기를 들었던 궁은 밖에서 사는 사람들의 상상 속에서나 존재하는 세계 같았다. 그토록 원했던 궁에서 새로운 삶이 시작되었지만, 첫날밤에 대한 기대는 어둠과 정적이 채우고 있었다. 날이 밝기 전에 혼례를 올린 지아비의 얼굴조차 볼 수 없을 것 같았다. 예상대로였다. 시간은 어느새 자시를 지나 축시로 접어들었지만, 인기척은커녕 새 울음소리조차 들리지 않았다.

소의는 가례식 준비로 몇날 며칠을 뜬눈으로 지새웠지만 왠지 잠이 올 것 같지 않았다. 시간이 흐를수록 정신은 오히려 또렷해져만 갔다. 날이 밝으면 생각과는 정반대로 냉혹한 현실이 눈앞에 펼쳐질 것 같았다. 잠들고 깨어나 새 아침을 맞기가 두려웠다. 그녀는 태어나서 처음 맛보는 고립감에 오한이 돋는 듯 몸을 떨었다. 끝내 무릎을 감싸 쥐고 치마에 고개를 파묻었다.

12. 왕비의 의대

향기로운 꽃냄새가 산들바람을 타고 내려와 취향루를 어루만졌다. 공진은 취향루 별채 마루에 모로 누워 먼 산을 바라보고 있었다. 하늘의 구름은 희고 선명한 것이 왕비의 백옥 같은 얼굴을 닮아 있었다. 공진은 구름이 마치 왕비의 분신이라도 되는 양 넋을 잃고 바라보았다. 왕의 여자라는 사실 때문에 왕비를 늘 어려운 존재로만 생각했지만, 궐 밖 나들이에 동행하고부터는 왕비를 따뜻한 피가 흐르는 한 사람의 여인으로 바라보게 되었다. 특히 작고하신 자당에 대한 왕비의 애틋한 사랑을 보고는 동병상련의 감정마저 품게 되었다. 공진은 눈을 지그시 감고 그날의 장면을 떠올려보았다. 그러자 가슴 한구석에서 정체를 알 수 없는 뜨끈한 것이 복받쳐 올라 주체할 수 없을 정도로 감격스러웠다.

그때 누군가 어깨를 건드리는 바람에 공진은 퍼뜩 눈을 떴다. 판수였다. 공진이 천천히 몸을 일으켜 앉는 동안 판수는 주위에 어지럽게 널려 있는 그림들을 유심히 살펴보았다. 거기에는 왕비의 의대를 그린 다양한 형태가 그려져 있었다. 어느 하나

버릴 것이 없었다.

"취향루에 네가 만든 옷을 입으려는 사람들이 줄을 섰는데 여기서 이러고 있냐?" 판수는 주위를 살피며 말을 건넸다. 그리고 뒷마당 한쪽에 늘어선 큼지막한 술 항아리들을 보더니 갑자기 얼굴에 화색이 돌았다.

"내가 너를 상의원으로 불러들여 진급이라도 할 것 같은데 술이나 한잔 살까?" 판수는 술 항아리로 다가가며 쾌활하게 물었다.

항아리 안을 들여다보려던 판수는 갑자기 놀라 뒤로 넘어지며 엉덩방아를 찧고 말았다. 공진은 영문을 몰라 판수를 바라보았다. 항아리 안에서 어린 여자아이가 빼꼼히 고개를 내밀었다. 손에는 걸레를 들고 있었다.

"아이, 깜짝이야. 이, 쒸, 이 옷 명품인데."

판수는 겸연쩍은지 불평하면서 옷에 묻은 먼지를 털고 일어섰다.

공진은 항아리 모양을 뚫어져라 바라보고 있었다.

왕비는 공진이 지어 올린 옷을 입고 있었다. 사람과 옷이 안성맞춤으로 더할 수 없이 잘 어울렸다. 공진은 왕비가 새 의대를 입고 좋아하는 모습을 보자 이 옷을 짓기 위해 그토록 고민했던 그 모든 시간을 보상받은 기분이 들었다. 난생처음 만드는 왕비의 의대라 어떻게 짓는 것이 좋을지, 도무지 해결의 실마리를 찾을 수 없었다. 그러다가 큼지막한 술 항아리의 유연하고 안정적인 선이 의외로 쉽게 답을 찾아주었다. 공진은 왕비의 의대에 항아리 선의 아름다움을 재현해 치마의 형태를 풍성하게 만들었다. 그러니 궁에서 입는 통상적인 의대와 비교할 때 선과 형태에서 뚜렷한 차이가 날 수밖에 없었다. 공진은 왕비를 만날 기회가 있을 때마다 신체의 특징과 느낌을 눈여겨봐 왔기에 그가 지은 의대는 왕비의 특징을 확연히 돋보이게 했다.

"지밀, 이러한 것을 본 적이 있는가?"

왕비의 두 뺨은 홍조를 띠고, 목소리는 평소와 달리 흥분되어 있었다.

"소인 역시 처음인 줄 아뢰옵니다. 흡사 항아리 모양 같으면서도…."

"이리도 아름답다니, 다른 옷도 입어볼 수 있겠는가?" 왕비는 대조전 바닥에 머리를 조아리고 있는 공진에게 흥분이 가시지 않은 목소리로 물었다.

"물론입니다."

공진은 고개를 들어 왕비를 바라보았다.

"하온데, 전하의 속곳 작업은 진척이 있으신지요."

"일러준 대로 차근차근 하고 있네. 나중에 한번 보아주시게."

"네, 마마."

왕비의 얼굴은 어린 소녀처럼 천진난만해 보였다. 공진은 왕비의 저 아름다운 미소를 다시 볼 수만 있다면 의대를 짓는 일이 아니라 무슨 짓이든 할 수 있을 것 같았다.

부용정에 정경부인을 중심으로 사대부들의 부인 몇몇이 모여 있었다. 이날은 왕비도 잠시 참관이 예정되어 있었다. 그래서인지 부인들의 모습은 평소보다 차분했다. 돌석이 예정대로 침선에 관해 설명을 시작했으나 이들은 하나같이 심드렁한 얼굴을 하고 있었다. 그때였다. 지밀의 안내를 받으며 왕비가 부용정에 올랐다. 모여 있던 부인들은 왕비가 입은 의대를 보자 눈이 휘둥그레져 일제히 자리에서 일어났다. 왕비에게 예를 올리고, 왕비가 자리에 앉기가 무섭게 이들은 말문이 터진 벙어리처럼 거침없이 찬사를 쏟아냈다.

"마마, 이런 의대는 처음입니다. 어찌 소매를 이토록…." 정경부인이 감탄을 금치 못했다.

"풍성한 치마 선을 좀 보십시오." 한성판윤의 부인이 맞장구를 쳤다. "화려한 듯 단아한 것이 곱기가 이루 말로 표현할 수가 없습니다, 마마."

당대 최고 세력가의 부인들로서 옷을 보는 안목에는 자부심이 하늘을 찌르는 이들이었다. 그런 만큼 조선뿐 아니라 청나라의 유행에도 민감했다. 그런 부인네들이 왕비가 입은 의대를 이구동성으로 칭찬하고 있었다.

"역시 어침장일세, 어찌 이런 걸 만들 생각을 하였는가?" 정경부인이 다정한 목소리로 돌석에게 공치사를 했다.

"소인이 만든 의대가 아니옵니다." 지근거리에서 옷의 본새를 살피던 돌석은 부인의 말에 무표정한 얼굴로 대답했다. 순간, 좌중에는 어색한 정적이 흘렀다.

"으음, 궐에 다른 모임이 있어서… 그럼, 어침장은 마저 수고해주시게."

왕비는 부용정에서 나왔다. 안에 있던 이들이 일제히 고개를 숙였다. 부인들은 시야에서 멀어지는 왕비의 뒷모습을 한동안 넋을 잃고 바라보았다.

"오늘은, 우리도 다른 모임이 있어서…."

눈치 빠른 정경부인은 어침장의 표정을 살피더니 다른 부인들과 함께 자리에서 일어났다.

돌석은 떠나는 이들을 등지고 서서 잠시 부용지를 내려다보았다. 눈앞의 풍경은 아름다웠지만 무엇 하나 눈에 들어오지 않았다. 생각할수록 화가 치밀었다. 왕비의 의대는 아무나 손대서는 안 되는 것이 궁중 법도였다. 자신의 허락도 없이 공진이 왕비의 의대에 손댔을 상황을 떠올리자 불쾌감을 넘어 분노가 폭발했다. 돌석은 뛰다시피 걸음을 재촉해 상의원에 도착했다. 그는 가쁜 숨을 몰아쉬며 곧바로 공진의 방으로 달려가 문을 왈카닥 열었다.

"자네가 감히 내 허락도 없이 중전마마의 의대를!" 분노에 찬 돌석의 목소리가 쇳소리를 내며 갈라졌다.

돌석의 말이 들리지도 않는지 작업에 몰입해 있던 공진은 자리에서 일어나 완성한 옷을 의대 틀에 걸었다. 돌석의 눈길은 공진이 걸어놓는 옷으로 향했다. 그 순간, 솟구쳐 오르던 분노가 기운을 잃고 맥없이 스러졌다. 그리고 삼십 년 침선장이 일생에 한 번도 본 적이 없는 의대의 절묘한 선과 유려한 형태에 대한 감탄이 분노가 밀려난 자리를 채웠다. 공진은 자기가 만든 옷을 차분히 살펴보고는 뒤로 돌아서다가 돌석과 시선이 마주치자 그제야 놀라움과 반가움이 섞인 동그런 눈동자로 말했다.

"어침장님이 보시기엔 어때요?" 공진이 진지하게 물었다.

"뭔가 심심하죠?"

"……"

공진은 할 말이 있다는 듯 돌석을 물끄러미 바라보았다.

"수 좀 놔주세요."

"나한테 하는 소린가?" 돌석은 겸연쩍은 얼굴로 물었다.

"에이, 수 하면 또 어침장님 아닙니까, 예?"

"어허, 이 사람!"

돌석은 난처한 듯 헛기침을 했다. 게다가 비록 공진은 모르고 있지만 조금 전까지 분기탱천했던 자신이 아무 일도 없었다는 듯 평상심으로 돌아가기도 어색했다. 그러나 공진은 막무가내로 돌석의 손을 잡아끌었다. 돌석은 짐짓 못 이기는 체하며 공진이 건넨 의대를 받아 들고 수를 놓기 시작했다. 공진은 돌석 옆에 바짝 달라붙어 바늘 끝의 움직임을 외우기라도 하려는 듯

뚫어지게 지켜보았다. 그 눈빛에는 순진한 어린아이에게서나 볼 수 있는 경이와 탄복이 서려 있었다.

"좀, 떨어져 앉게나." 돌석은 바느질하기에 불편한 듯 한마디 했다.

"아, 예. 조선 최고의 수를 가까이서 보느라…."

"으흠, 뭐…."

"어침장님께 꼭 수놓는 법을 배워야겠어요."

"자네 같은 솜씨 좋은 사람이 뭘."

"제가 어찌 어침장님 흉내나 낼 수 있을지…."

공진은 돌석이 집중해서 일할 수 있도록 자리에서 일어섰다.

한참 뒤에 돌석이 상의원 문을 열고 밖으로 나왔다. 수놓는 작업을 끝낸 듯했다. 돌석은 관복을 벗더니 평상에 앉아 팔뚝을 주물렀다. 긴 장대에 걸린 비단들이 바람에 펄럭이며 오묘한 소리를 냈다. 돌석은 공진이 바가지에 떠온 물을 시원하게 들이켜더니 입가를 훔치며 밝게 웃었다.

"난 이 소리가 제일 좋다네." 돌석이 눈을 가늘게 뜨고 장대에 걸린 비단을 올려다보며 차분히 말했다.

"여기가 참 편해져." 그러고는 가슴을 천천히 두드리며 말을 이었다.

"……"

공진은 무슨 말인가 싶어 장대를 바라보았다.

"어때? 들리는가. 따스한 햇살을 쫓아 바람들이 뜀박질하는 소리가…."

공진은 그 말을 듣고 살며시 눈을 감았다. 그러고는 평상에 대자로 누워 바람의 움직임에 몸을 맡겼다. 돌석 또한 공진을 따라 눈을 감고 대자로 누웠다. 싱그러운 바람이 장대에 걸린 비단 천들을 들추고 들어와 평상 위에 누워 있는 두 사람을 어루만졌다. 이심전심이라던가. 돌석과 공진은 바람을 가운데 두고 말 없이 이야기를 나누고 있었다.

13. 소의의 반격

왕이 손으로 턱을 괸 채 선정전에서 업무를 보는 동안 영의정은 바닥에 엎드려 왕의 표정을 살피고 있었다. 내관은 왕 앞에 두루마리를 가져와 펼쳐놓았다. 왕은 새로운 두루마리가 펼쳐질 때마다 옥새를 눌러 찍었다. 매일 반복되는 일이었다. 왕은 이따금 옥새 손잡이에 새겨진 거북이가 자신의 등에 올라타고 목을 조르는 꿈을 꾸곤 했다. 평상시에도 지루하기 짝이 없는 일이었지만 이날은 유독 좀이 쑤셔 견딜 수가 없었다. 그때 문밖에서 떠들썩한 소리가 들렸다.

"아니 되옵니다. 마마!" 평소답지 않게 대전의 목소리가 커졌다.

"비켜라."

대전내관의 만류를 뿌리치고 왕 앞에 선 사람은 소의였다. 그녀는 왕의 얼굴을 빤히 바라보며 치마끈을 풀기 시작했다. 대전내관의 안색이 벌레 먹은 사과처럼 변했다. 엎드려 있던 영의정 앞으로 소의의 치마가 흘러내렸다. 당돌하기 짝이 없는 소의의 행동에 왕은 눈이 휘둥그레졌다.

"하하하… 하하하하하!"

왕은 어이없다는 표정으로 웃음을 터트리며 대전내관에게 물러가라고 손짓했다. 왕의 표정을 살피던 영의정도 대전내관을 따라 뒷걸음치며 물러났다. 영의정은 왕에게 달려가 안기는 소의의 모습을 닫히는 문틈 사이로 분명히 보았다. 소의의 당돌한 행동이 마음에 들었는지 영의정은 아무도 모르게 비릿한 미소를 지었다.

먼동이 트고 있었다. 왕비는 공진이 만들어준 옷을 정성껏 차려입고 왕의 속곳을 담은 작은 함을 손에 들었다. 희정당으로 향하는 발걸음이 평소와 달리 가벼웠다. 옷매무새를 살피자 새삼 자신감이 솟는 것 같았다. 지밀은 쟁반을 든 채 왕비 옆을 따랐다. 쟁반에는 시원한 식혜가 예쁜 그릇에 담겨 있었다. 침전으로 향하는 길의 낮은 담벼락에 짙은 자주색 제비꽃 몇 송이가 보였다. 왕비는 이 길을 자주 오갔지만 늘 긴장했던 터라 전에는 주변 풍경에 눈길을 줄 여유가 없었다. 마음에 쏙 드는 옷을 입어서일까, 주위 모든 것이 자기 모습과 한 폭의 그림처럼 잘 어울리는 것만 같았다. 오랜만에 설레는 마음으로 침전에 도착했다. 희정당 출입문에 들어서자 놀란 대전의 표정이 뻣뻣하게 굳는가 싶더니 이내 사색이 되었다.

"마, 마마, 아뢰옵기 황송하오나." 대전은 말을 잇지 못했다.

왕비는 대전의 표정을 살피다 조용히 섬돌에 놓인 신발을 내려다보았다. 왕의 신발 옆에 아담한 궁혜가 나란히 놓여 있었다. 왕비는 궁혜를 보자 가슴이 철렁 내려앉았다. 왕비는 섬돌을 디디지도 못하고 발길을 돌렸다.

"마마, 아뢰옵기 황공하오나 전하께서는 소의…."

지밀의 말을 자르며 안색이 백설기처럼 창백해진 왕비가 물었다.

"열여섯이라지?"

"마마."

지밀의 눈동자가 흔들리고 있었다.

"피부가 산양처럼 희고 보드랍다더구나." 왕비는 초점이 풀린 눈으로 손에 든 속곳 상자를 내려다보며 읊조리듯 말했다.

"마마께서도 아직 젊고 아름다우시옵니다." 지밀이 위로했다.

"아직이라…."

왕비는 긴 한숨을 내쉬었다. 대조전으로 향하는 발걸음은 놋신발을 신은 듯 무거웠다. 왕비는 담 밑의 제비꽃을 물끄러미 바라보았다. 갑자기 돌아가신 어머니가 간절하게 그리워졌다.

'어찌 하면 좋을까요?'

왕비는 마음속으로 어머니! 하고 불러보았다. 왕비의 부름에 대답하듯이 제비꽃이 바람을 받아 하늘거렸다.

14. 붉은 눈물

희뿌연 하늘과 담소라도 나누듯 부용정의 추녀는 아담한 입술을 벌린 모양새였다. 검은 지붕 아래 띠살창 사이로 왕비의 모습이 보였다. 왕비는 고급스러운 수가 놓인 붉은 비단을 덧댄 녹색 치마저고리를 입고 있었다. 부용정의 아담하고 기품 있는 모양이 왕비가 입은 의대와 잘 어울렸다. 곱고 아름다운 치마저고리의 모양과는 달리 부용지에 시선을 둔 왕비의 낯빛은 숲속 나무 그늘처럼 어두웠다. 왕비의 얼굴을 바라보던 공진은 새 의대가 탐탁지 않으신가 하여 안절부절못했다.

"마마, 혹시 옷이 마음에 안 드시는 지요?" 공진이 조심스럽게 물었다.

"이리도 아름다운 옷을 입었는데 갈 곳이 없습니다그려." 왕비는 작게 한숨을 내쉬며 뜻밖의 대답을 내뱉았다.

공진은 갑자기 왕비가 몹시 안쓰러워졌다.

"배를 저을 줄 아시오?" 왕비는 부용지 한쪽에 묶여 있는 조각배를 바라보며 덤덤하게 물었다.

"예, 마마."

왕비는 눈짓으로 배를 타고 싶다는 마음을 전했다.

공진은 조각배에 달린 동아줄의 매듭을 풀고, 왕비가 올라탈 수 있도록 배를 고정했다. 왕비는 무표정한 얼굴로 조각배에 몸을 실었다. 공진이 힘주어 노를 젓자 배는 스르르 움직였고 왕비의 옷고름은 바람을 받아 나비가 날갯짓 하듯 하늘거렸다. 배는 연못 위를 가득 메운 녹색 연잎 사이를 가르며 나아갔다. 운치 있는 부용지에 조각배가 뜨자 아름다운 한 폭의 그림 같았다. 왕비는 공진이 힘주어 팔을 뻗으면 닿는 거리에 앉아 있었다. 공진은 가슴이 떨려 노를 쥔 손에 한껏 힘을 주었다. 바로 눈앞에 왕비가 앉아 있는 지금 이 상황이 꿈인지 생시인지 알 수 없어 몇 차례나 눈을 깜빡였다. 조각배가 물살을 가르며 나아가자 연못가에 있던 지밀상궁과 궁녀들은 화들짝 놀라 배가 나아가는 방향을 따라 잰걸음을 옮겼다. 하지만 조각배는 점점 시야에서 멀어졌고, 종종걸음을 치던 이들은 배를 좇을 도리가 없어 발만 동동 굴렀다.

왕비는 눈을 감았다. 두 뺨을 스치는 바람의 감촉이 머릿속의 번뇌를 시원스럽게 덜어내는 것 같았다. 공진은 노를 최대한 천천히 저으며 눈을 감은 왕비의 얼굴을 찬찬히 뜯어보았다. 연못 표면에 반사된 햇빛에 눈이 부셔 공진이 눈을 가늘게 뜨자 왕비의 등 뒤로 영롱한 무지개가 보였다. 왕비는 인간이 아니라 부용지를 수호하는 여신 같았다. 어느새 조각배는 연못 한가운데 있는 작은 섬에 다다랐다. 작은 섬에는 큰 키에 가지가 옆으로 벌어진 소나무들이 부용지의 아취를 더해주고 있었다. 공진은 소나무 섬 뒤쪽으로 노를 저었다. 연못 주변에 있던 지밀과 궁녀들은 조각배가 시야에서 사라지자 몹시 당황한 기색으로 연못의 반대 방향을 따라 잰걸음을 옮겼다. 공진은 소나무 가지들이 드리우고 있는 시원한 그늘에 조각배를 잠시 멈췄다.

"간택을 받기 위해 처음 궁에 들어왔던 날이 기억나요." 왕비는 심란한 듯 옛이야기를 꺼냈다.

"그때만 해도 항상 전하 곁에 있는 것이 꿈이었는데… 그러면 행복할 줄 알았는데…."

왕비는 씁쓸하게 웃었다.

"그대는 꿈이 있소?"

왕비의 난데없는 물음에 공진은 말문이 막혔다. 순간, 왕비의 두 눈이 붉게 물들었다. 촉촉하게 눈물을 머금은 왕비의 눈에서 작은 물결이 일렁이고 있었다. 공진은 노를 쥔 손에 힘을 주었다. 갑자기 시간이 멈춰버린 것 같았다. 정지한 시간 속에 멈춰 있는 두 사람 사이에 영원히 끝나지 않을 찰나의 순간만이 존재하는 것 같았다. 왕비는 애써 눈물을 참느라 눈가에 가느다란 주름이 잡혔다. 왕비의 눈두덩을 타고 눈물이 흘렀다. 공진은 잠시 손에서 노를 놓고 품속에서 하얀 손수건을 꺼내 왕비에게 건넸다. 왕비는 말없이 손수건을 받았다. 왕비가 손수건을 펴자 아름답게 수놓은 제비꽃이 보였다. 왕비는 왈칵 눈물을 쏟더니 수

건에 얼굴을 묻고 흐느끼기 시작했다. 공진은 왕비의 흔들리는 어깨를 그저 바라만 보고 있었다. 그때 부용지의 잔잔한 수면에 갑자기 작은 파문들이 여기저기 일기 시작하더니 빗방울이 후두둑 떨어졌다.

쏟아지는 비가 상의원 뒷마당 긴 장대에 걸려 있는 붉은 비단을 타고 흘러내렸다. 비단 끝에서 떨어지는 작은 물방울들은 왕비가 흘리는 핏빛 눈물 같았다. 공진은 왕비가 하루에도 몇 번씩 핏빛 눈물을 남 몰래 삼키며 살고 있을 것만 같았다. 굵은 바늘이 사정없이 심장을 찌르는 듯 공진은 가슴이 너무 아팠다.

"에이, 염색 다 빠지네. 야야, 저거부터 얼른 걷으라니까!"

판수는 장인들을 향해 고함쳤다.

침선비들과 장인들은 서둘러 비단을 걷었다. 판수는 마당 한가운데서 천을 걷는 시늉을 하더니 비를 피해 처마 밑에 앉았다. 판수는 넋이 나가 멍하니 비단을 바라보고 있는 공진을 흘깃 보고는 핀잔을 놓았다.

"넌 인마, 어서 옷감 걷지 않고 뭐하는 거야!"

"아무리 생각해도 이해가 안 돼. 그리 고우신데."

"뭔 소리야?"

"중전마마 말예요."

"쯧쯧, 인생이란 게, 원래 신분 고하에 상관없이 누구나 다 사연이 있는 법이야. 젊으신데 전하의 승은 한번 입지 못 하고 사시니, 통곡할 노릇이지. 그 속사정을 우리 같은 놈들이 어찌 알겠냐. 소문엔 뭐 첫날밤부터 그랬다더만."

"그게 정말이에요?"

"궁 안의 소문이란 게, 지나고 보면 거의 다 맞아."

판수의 말에는 확신이 실려 있었다.

"게다가 전하의 성은을 입지 못한 것도 억울한데, 어린 년한테 그런 꼴까지 당하셨으니."

"뭔 일이 있었나요?"

판수의 말에 공진은 정신이 바짝 들었다.

"저번에 중전마마가 궁녀들하고 산책하던 중에, 주상전하를 따라가는 소의랑 눈이 마주친 모양이야. 그때 소의가 중전마마를 빤히 쳐다보고 인사도 하지 않았다잖아."

판수는 상황을 직접 목격이라도 한 듯 언성을 높였다.

"어찌 마마께 감히."

공진도 분통이 터졌다.

"영의정이 왜 병판의 딸을 후궁 자리에 넣었겠어? 응? 그게 다 마마를 쫓아내고 소의를 그 자리에 올리겠다는 속셈이지."

"정말이에요?"

공진은 판수의 말을 듣자 갑자기 월향의 얼굴이 떠올랐다.

15. 왕의 눈길을 잡아라

공진은 상의원 일을 하면서 궁을 들락거리게 되자, 모르는 이에게는 궐문 안 세상이 한없이 복잡하고 대단해 보일지 몰라도 오히려 지극히 단순한 세계라는 생각이 들었다. 저잣거리 사람들은 궐 안 세상을 늘 궁금해했다. 공진은 한동안 자신이 궐내 세상에 무관심하다고 생각했다. 그러나 꼭 그런 것만은 아니었다. 저잣거리에서 흔히 볼 수 있는 여염집 여자나 기방의 기녀들은 손만 뻗으면 언제나 닿을 수 있는 거리에 있었다. 그러나 궐내 여자들은 그 거리 밖에 있었다. 이들은 모두 왕의 여자였고 그 정점에 왕비가 있었다. 아득히 먼 별천지에 있어 손을 뻗어도 닿을 수 없는 여자. 어쩌면 이런 상황이 공진의 호기심을 부추겼는지도 모른다. 공진은 우연히 궐 안에 발을 들어놓았지만 왕비를 만나면서부터는 끝을 알 수 없는 인생의 소용돌이 속으로 빨려 들어간 것만 같았다. 그러나 후회는 없었다. 오히려 왕비를 만나지 못한 삶을 생각하면 한없이 헛헛했다.

공진은 취향루로 향했다. 목도 컬컬했지만 월향과 이야기를 나누고 싶었다. 단둘이 술상머리에 앉아서인지 월향도 즐거운 듯했다. 월향이 공진의 잔에 술을 가득 채웠다. 원치 않게 상의원의 침선장으로 일하느라 쓸데없는 제약을 많이 받는 것도 사실이었다. 그럼에도 상의원을 떠날 수 없는 이유는 바로 왕비의 존재, 그것뿐이었다.

"너는 나이가 들어서도 어떻게 새파랗게 어린 아이들 사이에서 최고의 자리에 있는 게냐?"

월향의 가슴골은 심산유곡처럼 깊어 보였다. 월향이 치마를 거머쥐자 속곳이 훤하게 드러났다.

"호호호, 어찌 그것이 궁금하신지요?"

월향은 의아하다는 표정으로 공진의 눈을 빤히 바라보았다.

"문득 그런 생각이 들었다. 어떤 비방이라도 있는 게냐?"

"비방이랄 게 뭐 있겠습니까. 그저 새로 온 아이에게 손님이 몰려 안하무인이 되면, 더 어리고 예쁜 동기 아이들을 보내 손님을 다시 빼앗을 뿐이죠. 그러면 새로 온 아이도 저한테 복종할 수밖에 없고, 어린 동기 아이들도 제 눈에 들어야 좋은 손님을 만나 머리를 올릴 수 있으니 다들 저를 극진히 모실 수밖에요."

월향의 말을 듣자 공진의 머릿속에서 어린 궁녀들의 얼굴이 하나하나 스쳐 지나갔다.

'옳거니!'

공진의 입에서 혼잣말이 새나왔다.

공진은 상의원에서 일하는 틈틈이 산책하는 왕의 일행을 눈여겨보기 시작했다. 왕비를 돕기 위해서였다. 공진은 특히 왕의 뒤를 따르는 궁녀들의 모습을 세세하게 관찰했다. 얼굴의 형태와 특징, 체형과 걸음걸이 같은 개인적인 특징들은 공진의 천부적인 눈썰미 덕분에 차곡차곡 정리되어 기억에 쌓였다. 게다가 공진은 판수에게 부탁해 그들 궁녀의 품계와 역할도 파악해두었다. 이런 정보들을 종합하자 여러 궁녀 중에서 유독 다섯 명의 얼굴이 인상 깊게 떠올랐다. 공진은 이들의 얼굴과 분위기를 왕비는 물론 소의와도 하나하나 비교해보았다. 이런 생각이 이어지자 공진의 머릿속에 왕의 취향이라 할 만한 특징이 윤곽을 드러내는 것 같았다.

공진은 상의원에서 일에 몰두하고 있었다. 손에 쥔 파란 치마가 마음에 들지 않는지 몇 군데를 손보고 나서야 바느질을 시작했다. 치마폭을 늘리고 주름을 잡아 모양을 풍성하게 만들었다. 공진은 잠시 턱을 괴고 생각에 잠기더니 옥색 저고리의 아랫단을 잘라내고 다시 바느질을 시작했다. 결국 저고리는 하얀 치맛말기가 보일 듯 말 듯 짧아졌다. 몸을 드러내지 않는 궁녀들의 옷과는 확연히 다른 모양새였다. 저고리를 들고 전체적인 형태를 살펴보던 공진의 입꼬리가 만족스러운 듯 위로 올라갔다.

유시가 되자 어린 궁녀 하나가 공진의 작업실에 들렀다. 공진이 새로 고친 치마와 저고리를 궁녀에게 건네자, 짧아진 저고리 아랫단을 본 궁녀는 귓불이 발그스름해졌다.

"왜? 마음에 안 드느냐?"

"그것이 아니오라…."

궁녀는 망설이는 눈치였다.

"옷은 눈으로 봐서는 모른다. 입어봐야 아는 법이다."

공진이 눈을 찡긋하자 궁녀는 의대실에서 옷을 갈아입고 나왔다.

"이런 옷은 처음 봅니다."

궁녀는 만면에 웃음을 띠고 검무라도 추듯이 한 바퀴 빙그르르 돌았다.

"잠시, 뒤로 서 보거라."

공진은 팔짱을 끼고 궁녀가 입은 옷태를 꼼꼼하게 살폈다.

"좋아, 안성맞춤이야."

궁녀는 공진의 말에 환하게 웃었다.

왕은 영화당 나무 그늘 속을 천천히 걸으며 후원의 경관을 감상하고 있었다. 그때 뭔가 눈길을 스친 느낌이 들자, 왕은 걸음을 멈추고 지나온 길을 돌아보았다. 왕을 따르던 일행은 걸음을 멈추고 일제히 고개를 숙였다. 왕은 몇 걸음을 움직이더니 옥색 저고리에 청색 치마를 입은 궁녀를 유심히 들여다보았다. 왕의 시선이 어린 궁녀에게 고정되자 그녀를 중심으로 왕을 따르던 대오가 물살이 갈라지듯 둘로 나뉘었다. 왕은 어린 궁녀의 자태를 다시 한 번 넌지시 살피고는 낮은 소리로 몇 차례 헛기침을 했다. 왕이 편전을 향해 다시 걷기 시작하자 무리의 끝 쪽에서 왕을 따르던 어린 궁녀는 눈치 빠른 다른 궁녀들의 양보로 어느새 왕의 바로 뒤에 바짝 다가와 있었다. 궁녀들은 치맛말기가 보일 듯 말 듯한 어린 궁녀의 의대를 호기심과 질투 어린 눈빛으로 바라보았다.

해시가 넘자 대전내관은 왕이 명한 궁녀를 찾으러 궐 안을 돌아다녔다. 그는 어린 궁녀에게 몇 가지 주의 사항을 넌지시 일러주고 침전으로 데려갔다. 공진의 눈썰미가 왕의 취향을 정확히 짚었는지, 침전 안은 평소와 달리 뜨거운 열기로 후끈 달아올랐다. 침전 밖을 지키던 홍상궁과 대전내관의 낯빛은 시간이 흐를수록 잘 익은 연시처럼 변했다. 침전에 든 궁녀의 거친 숨소리와 자지러지는 신음은 자시가 되어서야 멈췄다.

날이 밝자 궐 안은 지난밤 침전을 뜨겁게 달궜던 어린 궁녀 이야기로 이야기꽃이 피었다. 말에 말이 보태져 어린 궁녀뿐 아니라 공진 또한 궁녀들의 입방아에 오르내렸다. 무엇보다 궁녀들을 자극한 것은 어린 궁녀가 왕의 총애를 받아 후궁이 되고 비단 당의를 입게 된 경위였다. 곁에서 일하던 동료가 하루아침에 인생이 달라진 상황을 목도하자, 궁녀들 사이에서 왕의 눈길을 끌려는 경쟁이 불을 뿜기 시작했다.

상의원의 공식 일정이 끝나고 어두워지면 공진을 찾는 궁녀들의 행렬이 조심스럽게 이어졌다. 공진은 이들의 주문을 마다 하지 않았다. 궁녀들을 활용하는 것이 소의를 고립시키는 가장 효과적인 방법이기 때문이었다. 밀려드는 주문 때문에 바느질방에서 밤새워 일하는 날이 계속되었다. 밤과 낮이 어떻게 바뀌는지 모를 지경이었지만, 공진은 왕비의 얼굴을 떠올리며 심신의 피곤함을 달랠 수 있었다. 궐 안에 공진이 지은 의대를 입은 궁녀가 하나둘씩 늘어나자 왕은 산책할 때 보았던 어린 궁녀와 비슷한 차림과 자태의 여인들을 도처에서 볼 수 있었다. 왕이 서고에 들어서면 서책을 꽂는 궁녀의 팔 밑으로 뽀얀 속살이 시선을 사로잡았고, 수라상을 받을 때면 궁녀의 팔 밑으로 젖가슴이 보였다. 늘 과중한 업무와 일정으로 심신이 지친 왕은 궁녀들의 이런 모습을 보는 것이 은근한 기분 전환이 되었고, 이따금 눈에 띄는 궁녀를 침전으로 불러들이는 것도 삶의 활력소가 되었다.

이런 상황이 계속되자, 궐내 분위기는 사뭇 달라졌다. 법도에 맞지 않는 궁녀들의 의대에 대해 이러쿵저러쿵하는 사람은 아무도 없었다. 다만 후궁전 상궁을 통해 궐내 분위기를 손바닥을 들여다보듯 훤히 알고 있던 소의만은 화가 머리 끝까지 치밀어 올랐다. 멍하니 넋 놓고 있다가는 그나마 확보한 미약한 입지마저 와르르 무너질 판이었다. 어떻게든 자신의 존재를 알리고, 단단히 본때를 보여줘야 했다.

"내 이년을 그냥…."

궐내 소식을 전하는 상궁의 보고를 받은 소의는 화를 참지 못하고 옆에 있던 비단 팔받침을 집어 던졌다.

"앞서거라, 내 혼쭐을 내줘야겠다."

소의는 상궁과 궁녀들을 대동하고 후궁전을 나섰다. 잠시 후 소의 일행은 후원에서 새로 후궁이 된 궁녀와 마주쳤다.

"안녕하시옵니까?"

궁녀는 소의에게 공손히 예를 올렸다.

"……"

그러나 소의의 미간에 주름이 잡히는가 싶더니 어린 후궁의 머리채를 단숨에 잡아챘다.

"네년이 정신이 있는 게냐. 천한 년이 어디서 감히 전하에게 꼬리를 쳐."

소의는 있는 힘을 다해 어린 후궁의 머리채를 세차게 흔들어 댔다. 갑작기 소의의 공격을 받은 어린 후궁은 중심을 잃고 바닥에 쓰러졌다. 소의의 뒤에 서 있던 상궁과 궁녀들은 예기치 못한 돌발 상황에 당황한 표정이 역력했다. 그때 궁녀 하나가 갑자기 허리를 숙였다. 후궁전 상궁과 다른 궁녀들도 따라서 고개를 숙였다. 소의가 고개를 돌리자, 궁녀들을 이끌고 다가오는 왕비가 시야에 들어왔다. 화려하면서도 우아한 의대를 차려입은 왕비의 모습은 기품 있고 아름다웠다. 왕비는 쓰러져 있는 어린 후궁을 보고는 지밀상궁에게 조용히 눈짓을 보냈다. 지밀이 몇 발짝 나서는가 싶더니 번개처럼 소의의 뺨을 후려쳤다.

"아악! 네… 네 이년! 감히 지금 무슨 짓을…."

소의의 말이 끝나기도 전에 지밀의 손이 다시 한 번 허공을 갈랐다.

"여봐라! 뭐 하느냐! 당장 이년을 막지 않고!"

엉겁결에 두 차례나 뺨을 얻어맞은 소의가 발악을 했으나 차가운 왕비의 눈빛을 본 궁녀들은 아무도 감히 나서지 못했다. 지밀의 손이 한 번 더 소의의 뺨을 후려쳤다. 이제 완전히 전의를 상실한 소의는 고개를 돌린 채 입술을 깨물었다.

승은을 받은 궁녀와 소의, 그리고 왕비 사이에 벌어진 사건이 입소문을 타고 궐 안에 빠르게 퍼졌다. 게다가 공진이 만든 옷을 차려입은 궁녀 몇이 연달아 승은을 입었다. 상황이 이쯤 되자 자그마치 오백 명이나 되는 궁녀들의 경쟁은 점입가경이 되었다. 공진은 더욱 바빠졌다. 게다가 눈이 높은 사대부집 부인들은 공진이 만들었다는 왕비의 옷에 큰 관심을 쏟고 있었다. 이들은 왕비의 옷과 비슷한 모양의 옷을 입고 싶어 했다. 어침장과 가까운 몇몇 부인은 돌석의 시전으로 몰려가기도 했다.

"어찌 만들 수가 없단 말이오? 그대가 중전마마의 옷을 만드는 어침장이 아니오?"

"맞사오나 송구스럽게도 소인은 그런 걸 만들지 않사옵니다."

돌석은 부인들의 요구에 곤혹스러운 표정을 지었다.

"아니 만드는 게 아니라 못 만드는 듯합니다."

"건너 마을 기방에 가면 소문난 침선비가 있다는데 그리 가지요!"

여인들의 말에 돌석의 얼굴은 싸늘하게 굳었다. 이들은 돌석의 기분 따위는 아랑곳하지 않고 빈정거리며 시전을 떠났다.

"놈이 세상을 어지럽히고 있사옵니다."

대길은 공진이 외나무다리에서 만난 원수라도 되듯이 단호한 어투로 말했다.

16. 불타는 의복

안산 봉우리 주변에 짙은 먹구름이 잔뜩 끼어 낮 시간이지만 사방은 해 떨어진 저녁 어스름이 내린 것 같았다. 비가 오락가락하는 탓인지 궐 안에는 옅은 운무가 낀 것 같기도 했다. 선정전에서는 왕과 대신들이 이런저런 안건을 놓고 진지한 논의를 벌이고 있어 건물 안 분위기는 제법 무거웠다. 신하들은 작정이라도 한 듯 돌아가며 왕의 말꼬리를 잡고 있었다. 쓸데없이 화제가 공전되자 왕은 은근히 부아가 치밀었다. 게다가 영의정이 궁녀들의 복식을 문제 삼는 상소문까지 읽어대자 왕의 인내력은 슬슬 바닥을 드러내고 있었다.

"영상, 사대부라는 자들은 참 할 일도 없는가 보오. 한낱 여인네들 옷차림을 가지고 상소나 올리고 앉았으니 말이오." 왕은 불쾌하다는 듯 혀를 끌끌 차며 말했다.

"한낱 여인네들이 아니옵니다. 지금 궁에서는 품계의 고하를 막론하고 여인들이 해괴한 복식으로 예와 법을 어지럽히고 있사옵니다. 게다가 만백성의 어머니이시고, 내명부의 수장이

시며, 여인들의 모범이 되셔야 할 중전마마께서 이 모든 사치와 번잡의 단초가 되셨사옵고, 나라의 기둥이 되어야 할 사대부의 아낙들마저 왕비마마의 복식을 따라하고 있사오니 이 어찌 통탄할 일이 아니겠사옵니까."

영의정도 작정을 했는지 왕의 말에 지지 않고 또박또박 대꾸했다.

"……"

영의정의 속셈을 간파하고 있는 왕은 진이 빠져 상대하기조차 귀찮았다.

"승하하신 선왕 폐하를 따르던 무리가 중전마마께 아직 후사가 없음을 모두 전하의 탓으로 돌리면서 공공연히 사대부들을 충동질하고 있사옵니다. 이제 곧 청나라에서 황제의 명을 받든 사신들이 당도할 터인데, 이런 내막이 전해지면 나라가 어찌 되겠사옵니까. 어서 중전마마를 폐하옵시고 소의마마를 계비로 삼으시는 것이 마땅한 줄로…." 영의정은 대놓고 '폐하라'는 말을 입에 올렸다.

"그대들의 목적은 궐내 여인들의 복식을 바로잡겠다는 것이 아니라 중전을 폐출하겠다는 것 아니오?"

영의정은 왕이 핵심을 찌르자 면구스러웠는지 입을 다물고 머리를 조아렸다. 다른 신하들도 영의정을 따라 일제히 고개를 숙였다. 여러 대신이 편전을 가득 채우고 있었지만 왕은 뼛속 깊이 허전함을 느꼈다. 저들 중에 진실로 왕을 생각하고 걱정하는 자는 단 한 명도 없는 것 같았다. 영의정의 꼭두각시처럼 처신하는 대신들이 가증스러워서 왕은 속으로 탄식하며 편전의 천장을 물끄러미 올려다보았다.

"그대들의 의견을 잘 알았으니, 내 생각해보리다. 다들 물러가시오."

왕은 영의정과 대신들이 떠난 뒤 용상에 등을 기댄 채 눈을 감았다. 해결해야 할 사안들이 자고 나면 늘어났다. 쉴 틈 없이 일해도 해야 할 일은 더 늘고 있어 일의 지옥에라도 떨어진 것 같았다. 이런 상황인데 대신들은 여인네들의 의복 문제까지 물고 늘어졌다. 찬찬히 생각해보니 의대 문제는 어침장에게 맡기는 편이 나을 성싶었다. 왕은 용상에서 일어나 잠시 서성거리더니 대전내관에게 어침장을 들라 명했다. 돌석이 편전에 들자 왕은 단도직입적으로 물었다.

"그 사냥복을 만든 놈이 궐의 기강을 무너뜨리고 있다지, 너는 알고 있었느냐?"

"……"

돌석은 왕이 던진 질문의 뜻은 이해했지만, 그런 질문을 던진 이유가 명확하게 짚히지 않았다.

"왜, 두려우냐?"

돌석은 대답 대신 고개를 더 깊이 조아렸다.

"너도 어침장이라는 명색이 허울뿐이로구나."

왕의 말에 돌석은 백회에 침이라도 한 대 맞은 것 같았다.

"처음 우리가 만난 날을 기억하는가?"

갑자기 왕의 이야기는 뜬금없이 다른 쪽으로 튀었다.

"소신, 똑똑히 기억하고 있사옵니다."

"……"

왕은 말없이 돌석을 바라보았다.

"소신이 난생처음 혼자 힘으로 지었던 옷이 전하의 의대였기에 똑똑히 기억하고 있사옵니다."

"그렇다. 돌아가신 형님께서 세자로 책봉되었던 바로 그해의 일이다."

왕의 입에서 승하한 선왕의 이야기가 나오자 돌석은 입안이 바싹 말랐다. 돌석은 왕의 모습을 살짝 훔쳐보았다. 왕은 편전의 천장을 올려다보고 있었다.

"하루는 형님과 함께 점심 수라를 들었지."

왕의 숨소리가 돌석의 귀에까지 들렸다.

"한참 고기에 맛이 들었던 때라 소주방 나인에게 갈비를 달라고 했지. 그런데, 참 이상하게도 갈비를 주지 않더군. 그 나인이 왜 그랬는지 아나?"

왕은 웃으며 돌석을 보았다.

"……"

"형님이 먼저 드시고 싶다고 하셨기 때문일세." 왕의 표정은 담담했지만 목소리에 가시가 돋쳐 있었다. "형은 자기 앞에 놓인 고기를 전부 씹어서 뱉아놓았어. 딱 한 조각만 남기고 말이야."

왕의 언성이 조금씩 높아졌다. "그땐 몰랐는데, 내가 고기를 좋아한다는 걸 알고 일부러 그러셨던 걸세. 당신이 왕세자라는 사실을 내게 똑똑히 알려주려고… 장차 지존이 되리란 걸 내게 알려주려고 말일세."

왕은 싸늘하게 웃었다.

"그러곤 내게 뭐라 하셨는지 아나?"

"……"

"남은 것은 네가 먹어라."

편전 안에 서늘한 침묵이 흘렀다.

"내가 어찌 했을 것 같나?"

"……"

"그때였네, 권력이란 것이 어떤 것인지를 깨달았던 것이…."

왕은 턱을 괴며 눈을 감았다.

"옷이 문제라 했더냐."

돌석의 눈빛이 흔들렸다.

"영의정과 대신들이 상소를 들먹이면서 목소리를 높이는데, 뭐, 그자들 소리야 들을 바 없다만 궐의 기강이 걸린 문제라면 얘기가 다르지. 허나 굳이 내가 나설 일은 아닌 듯하니, 어침장 그대가 알아서 처리하도록 하게."

"예, 전하."

돌석은 왕이 영의정을 거론하자 그제야 왕의 기분을 이해할 수 있었다. 상의원을 향해 걷는 돌석의 뇌리에 공진의 얼굴이 떠올랐다.

돌석은 상의원으로 돌아와 한동안 눈을 감고 앉아 있었다. 왕은 복식과 연관된 궐내 기강을 바로잡으라고 명했다. 지난 삼십 년 상의원에서 옷 짓는 일은 시간이 흐르면서 수고를 덜게 되었지만, 어침장의 책임을 맡게 되면서부터 인간관계를 비롯해 까다롭고 복잡한 일이 많아졌다. 왕의 어린 시절 이야기를 듣고 나니 머릿속은 더욱 어수선해졌다. 복식이 궐내 기강을 흔들고 있다는 상소가 올라왔다면, 그것은 영의정과 대신들이 작당하여 꾸민 일임이 분명했다. 결국 의대 문제를 대신들이 물고 늘어지겠다는 의지의 표명인 셈이었다. 어명까지 받아놓고 이 문제를 얼렁뚱당 넘어가려 했다가는 곤혹을 치를 가능성이 농후했다. 결국 사안은 공진과 그가 만든 옷을 어떻게 처리할 것이냐는 문제로 좁혀졌다.

돌석은 마음을 다잡고 공방 밖을 바라보았다. 공진은 자리에 앉아 상의원 장인들에게 바느질을 가르쳐주고 있었다. 공진을 바라보는 장인들의 눈빛은 난생처음 한양을 본 향촌 사람들 같았다. 순간, 돌석의 얼굴이 굳었다.

"어이, 나 좀 보세." 돌석은 손짓하며 공진을 불렀다. "나 몰래 계속 저잣거리 기생들이나 입을 만한 그 따위 천박한 옷을 만들 겐가?"

돌석은 웃으며 다가온 공진이 머쓱할 정도로 따끔하게 주의를 줬다.

"천박하다뇨?" 공진이 황당하다는 얼굴로 물었다.

"옷에는 예의와 법도, 그리고 계급이 있어야 하는 것일세." 돌석은 공진을 생각해 타이르듯 말했다.

"하지만 사람이라면 누구나 편안하고 예쁜 옷을 입고 싶어 하는 것이 아니오?" 공진도 물러서지 않았다.

"이곳은 왕실의 의대를 만드는 상의원일세!" 돌석은 어침장으로서 단호하게 말했다.

"그럼, 소인이 만든 전하의 사냥복도 천박하다는 겁니까?"

공진은 돌석의 얼굴을 빤히 쳐다보았다.

"내가 이 상의원의 어침장일세!"

돌석의 말에 노기가 서렸다. 두 사람 사이에 보이지 않는 장벽이 가로놓이기라도 한 듯 천근만근 무거운 정적이 흘렀다.

날이 밝자 돌석은 법도에 맞지 않은 궁녀들의 옷을 전부 거둬들이기 시작했다. 신시 무렵 상의원의 뒷마당에는 궁녀들의 옷이 수북하게 쌓였다. 돌석은 그사이에 공진이 이토록 많은 옷을 만들었다는 사실을 믿을 수 없었다. 그 비결이 무엇인지 한번 들어보고 싶은 지경이었다. 돌석은 의대 문제가 더 큰 사건으로 비화하기 전에 싹을 잘라버리는 편이 안전할 것 같았다. 과거에도 의복을 둘러싼 견해 차이가 피비린내 나는 정쟁의 도화선이 된 적이 있지 않던가.

"이후로 궐의 기강을 무너뜨리는 이러한 천박한 옷이 또다시 눈에 띌 때에는 어명으로 엄히 다스릴 것인즉!"

궁녀와 상의원 공인들의 얼굴을 바라보며 돌석은 엄하게 경고했다. 그제야 사건의 전모를 전해 들었는지 판수가 헐레벌떡 달려왔다.

"이쁘기만 하던데 굳이 이럴 것까지 있소?"

"전하의 명이외다. 뭣들 하느냐! 어서 쓸어내지 않고!"

판수의 말에도 돌석은 아랑곳하지 않았다. 사령들은 두 사람의 눈치를 살피다 어명이라는 말에 정신이 번쩍 들어 수거한 옷들을 수레에 실었다. 이들은 옷이 산더미처럼 쌓인 수레를 끌고 궐 밖 소각장으로 이동했다. 돌석이 소각장에 도착하자 사령들은 구덩이에 거침없이 옷을 던져 넣고 있었다.

옷을 태워버린다는 말을 어디서 들었는지 공진이 숨을 헐떡이며 달려왔다. 그는 구덩이에 쌓인 의대들을 보자 깜짝 놀라 사령들이 손에 든 의대를 빼앗아 다시 수레에 싣기 시작했다. 사령들은 난처한 표정으로 돌석의 눈치를 살폈다. 돌석은 격앙된 모습으로 앞으로 나서 수레에 있는 옷을 집어 다시 구덩이로 던지려 했다. 공진이 옷자락을 낚아챘고, 돌석은 옷을 놓지 않으려 했고, 공진은 완강하게 버텼다. 두 사람이 옷의 양쪽 끝을 쥐고 줄다리기라도 하듯 온 힘을 다해 당기는 바람에 그 귀한 비단옷은 찌직! 하는 파열음을 내며 찢어졌고, 두 사람은 동시에 엉덩방아를 찧으며 넘어졌다. 질퍽한 바닥에 넘어진 두 사람의 꼬락

서니는 장마에 진흙밭에서 일하는 노비처럼 보였다. 공진은 무릎으로 기어 수레에 다가가 자신이 만든 옷을 챙겼다. 흡사 실성한 사람 같았다. 돌석은 바닥에 주저앉은 채 숨을 헐떡이며 공진을 멍하니 바라보았다.

"어명일세. 어명을 어기면 어찌 되는지 모르는가?"

돌석의 말에 안타까움이 묻어났다.

"자네, 죽을 수도 있어!"

돌석의 눈동자가 좌우로 흔들렸다.

"나가면 되잖아요, 이따위 궐, 나가면 될 거 아니야!"

공진은 포기한 듯 일어서더니 돌석을 지나쳐 걸어갔다. 돌석은 멀어지는 공진의 뒷모습을 망연히 바라보았다. 공진이 시야에서 완전히 사라지자 돌석은 옆에 서 있던 사령의 횃불을 빼앗아 들었다. 그리고 구덩이에 수북이 쌓인 공진의 옷들을 내려다보다가 횃불을 구덩이 속으로 던졌다. 탁탁탁탁 소리를 내며 불길이 치솟아 사방을 붉은빛으로 물들였다. 돌석은 불길을 바라보면서 마음을 몹시 어지럽히던 근심거리가 사라진 것 같은 홀가분함을 느꼈다.

17. 수직으로 떨어진 화살

왕은 대전내관들을 앞세우고 영화당으로 발걸음을 옮겼다. 편전에서 영화당까지 걷자 다소 진정되는 것 같았다. 멀리 보이는 하늘은 남색 비단처럼 높고 푸른 데다 가까이 있는 부용지의 소나무들도 짙은 녹색으로 바뀌어 꿈틀대는 생명력이 느껴졌다. 그러나 왕의 마음은 눈앞 풍경과는 달리 검은 구름이 잔뜩 끼어 있었다. 편전에서 열릴 예정이던 대신들과의 모임을 취소하고 영화당으로 향하던 왕은 머릿속이 복잡해 활이라도 쏘면서 생각을 가다듬고 싶었다. 영화당 앞에는 이미 과녁이 놓여 있었다. 왕은 작은 장막 안에서 대전내관의 도움을 받아 사냥복으로 갈아입었다.

활쏘기에는 괜찮은 맑은 날씨였지만, 바람이 제법 불고 있었다. 왕은 과녁을 향해 시위를 당겼다. 활대를 잡은 왕의 손이 미세하게 떨렸다. 바람의 탓이라기보다 마음이 문제였다. 유교의 오경 중 하나인 『예기(禮記)』에 '예로부터 활쏘기는 덕을 보는 것이며, 덕은 그 마음에 얻는 것이므로 군자가 활을 쏘는 것은 그 마음을 보존하는 것'이라는 구절이 있듯 유교는 활쏘기를 통한 마음 수양을 강조했다. 이런 유교의 가르침을 잘 알고 있는 왕이지만 좀처럼 마음을 차분하게 다스리지 못했다. 애써 정신을 집중하고 열 장 정도 떨어진 과녁을 향해 첫 화살을 날렸다. 명사수로 명성이 자자한 왕이었지만 화살은 과녁을 벗어나 숲으로 떨어졌다. 왕은 연달아 화살 두 대를 더 쏘았다. 그러나 한 대는 과녁을 벗어났고 다른 한 대는 과녁의 끝을 스치며 튕겨 나가버렸다.

며칠째 영의정을 필두로 대신들은 왕비의 폐위 문제를 집요하게 물고 늘어졌다. 대신들은 왕비의 의대를 문제 삼더니, 이제는 청의 사신 문제를 들고 나와 압박의 수위를 높였다. 그들은 청국 사신들의 방문 날짜를 들어 중전의 폐위 시한까지 디밀며 왕을 괴롭혔다. 말이 간청이지, 협박이나 다름없었다. 화살이 세 번이나 과녁을 빗나가자 왕은 잠시 숨을 고르려는 듯 활을 내려놓았다. 왕은 대전내관이 건넨 전통에서 화살들을 꺼내 화살촉을 자세히 살펴보고는 그중 몇 개를 고르고 나서 다시 활을 집어 들었다. 그러고는 새 화살을 시위에 걸고 힘껏 당겼다.

그 순간, 등 뒤에서 발자국 소리가 잇달아 들렸다. 왕은 활을 내리고 뒤를 돌아보았다. 영의정과 대신 여럿이 왕에게 다가와 고개를 숙였다. 왕은 다시 활을 집어 들고 시위를 힘껏 당겼다. 화살은 과녁을 향해 번개처럼 날아갔다.

"통촉하여 주시옵소서. 전하!"

"……"

왕은 말없이 다시 활시위를 당겼다.

"곧 황제의 명을 받은 청의 사신들이 당도할 터인데 이번에도 윤허를 받지 못하면…."

"영상의 말은 오랑캐가 인정해주지 않으니 난 아직 왕이 아니라는 게요?" 왕의 목소리에 노기가 서려 있었다.

"그런 것이 아니오라 선왕께서도 왕위에 오르셨으나 후사가 없다는 이유로 청 황제의 윤허를 받지 못했사옵니다."

활을 쥔 왕의 손이 떨렸다.

"아뢰옵기 황공하오나, 청에서는 전하의 출신마저도 문제를 삼고 있사옵니다. 이번 청의 사신을 맞이하는 진연에서는 중전의 자리에 소의마마를…." 당돌하게도 영의정은 왕의 출신 문제를 거론했다.

"이 나라가 조선의 나라요, 청의 나라요?" 왕의 언성이 높아졌다.

"전하, 그런 뜻이 아니오라." 영의정은 왕의 분노도 아랑곳하지 않고 말을 이으려 했다.

왕은 순간적으로 몸을 돌리더니 화살을 영의정에게 겨눴다. 날카로운 화살촉이 떨어지는 햇빛을 받아 번쩍 빛났다. 미세하게 떨리는 화살은 표적을 향해 당장이라도 튀어 나갈 것만 같았다. 영화당에 있던 모든 사람이 돌발적인 왕의 행동에 사색이 되었다. 영의정은 자신을 향한 화살 앞에서 일말의 동요도 없었다.

그의 굳은 표정은 왕에게 쏠 테면 쏴보라는 무언의 도전장이었다. 그의 예리한 시선은 왕의 얼굴과 화살촉 사이를 천천히 오가고 있었고, 두 사람 사이에서 금세라도 터질 것은 팽팽한 긴장감은 용호상박의 기운 자체였다.

살기가 서린 눈으로 영의정을 노려보던 왕은 활을 머리 위로 들어 당겼던 시위를 놓았다. 바람을 가르며 하늘로 솟아 오르는 활 소리에 대신들은 우왕좌왕하며 허리를 숙였다. 정점에 다다른 화살은 방향을 바꿔 활터를 향해 떨어지기 시작했다. 대신들은 떨어지는 화살을 흘끔흘끔 올려다보며 조금씩 뒤로 물러섰다. 왕에게서 조금이라도 멀리 떨어지려고 애쓰는 대신들의 모습은 전쟁터에서 구덩이에 빠진 전우를 밀쳐내며 혼자 살려고 발버둥치는 병사와 같았다. 왕은 떨어지는 화살이 두렵지 않은 듯 꼿꼿하게 서서 영의정을 노려보았다. 영의정 또한 왕의 시선을 피하지 않고 제 자리에 서 있었다. 두 사람의 시선에서 시퍼런 불꽃이 튀었다.

퍽!

왕의 발 앞에 화살이 떨어져 꽂혔다. 불과 열 치 앞이었다. 뒷걸음치던 대신 중 일부가 놀라 뒤로 쓰러지자 일행 모두가 연달아 엉덩방아를 찧었다. 이들은 왕의 눈치를 살피면서 바닥에 넙죽 엎드렸다. 왕은 호랑이 같은 눈으로 영의정을 쏘아보았지만 영의정은 미동도 하지 않았다.

왕은 평소보다 일찍 희정당에 들었지만 쉽게 잠이 오지 않았다. 영화당에서 영의정이 드러냈던 태도에 극에 달했던 분노를 풀 길이 없었던 것이다. 야심한 시간이었지만 왕은 답답한 마음에 상의원을 찾았다. 마침 돌석은 공방에서 작업을 하고 있었다. 돌석은 예기치 못한 왕의 방문에 가슴이 철렁 내려앉았다. 낮에 영화정에서 왕과 영의정 사이에 있었던 일촉즉발의 상황을 전해 들었던 바가 있었기 때문이었다. 왕의 충격적인 행동은 이미 궐 안에 파다하게 소문이 퍼져 있었다. 게다가 대신들은 사실에 말을 보태 악의적인 소문을 퍼뜨렸다. 눈치 빠른 돌석은 공진이 지은 의대를 태워버린 일도 있고 해서 혹시 왕이 상의원을 찾을지도 모른다고 짐작은 했지만, 이렇듯 야심한 시각에 왕이 상의원을 찾을 줄은 몰랐다. 돌석은 자신이 의대를 태워버린 일을 왕이 불쾌하게 생각하는 것은 아닌지 내심 걱정스러웠다. 그러나 왕은 온통 영의정에 대한 분노로 가득 차 있었다.

"영의정, 그 늙은이를, 내 언젠가는 반드시 육시를 낼 것이야, 육시를!"

왕의 입에서 육시라는 무시무시한 말이 거듭 터져 나오자 돌석은 오금이 저렸다.

"궐에서 태어나고 자랐지만 궐 안에서 단 한 가지도 내 것인 적이 없었다. 이름 없는 풀 한 포기조차 아바마마와 형님 것이었을 뿐!"

왕의 얼굴은 붉게 상기되어 있었다.

"내 것은 하나도 없었어. 심지어 중전조차도 말이다."

왕의 입술이 실룩거렸다. "내게 중전은… 형님이 남겨주신 고기 한 점 같았다."

순간, 돌석은 중전을 멀리하는 왕의 태도가 선왕과 관련이 있다는 사실을 분명히 깨달았다.

"내 그 많은 문무백관을 갈아치웠지만 너만은 남겨둔 이유를 아느냐?"

"……"

돌석도 왕의 속내가 궁금했다. 선왕이 승하하고 나서 궐내 많은 사람이 숙청되고 축출되었지만, 실제로 돌석 자신만은 살아남았다.

"너는 내게 처음으로 내 것을 만들어준 자이기 때문이다. 알겠느냐?"

"전하, 성은이 망극하옵니다."

고개를 숙이는 돌석의 눈에 눈물이 고였다. 그제야 돌석은 자신이 궐 안에서 살아남은 이유를 깨달았다. 돌석은 지금껏 살아오면서 딱히 누군가에게 의미 있는 존재였다고 생각해본 적이 없었다. 그런데 눈앞에 있는 조선의 왕이, 돌석 자신을 의미 있는 존재라 말하고 있었다. 돌석은 너무 큰 감동으로 가슴이 터질 것만 같았다. 왕을 위해서라면 당장 죽어도 후회 없었다.

18. 중전을 둘러싼 음모

병판은 빠른 걸음으로 후궁전을 향해 걷고 있었다. 사랑하는 여식이 왕의 후궁이 된 이래 병판은 생각처럼 마음이 편치 않았다. 오히려 애간장이 끊어지는 아픔을 느끼는 나날이 이어졌다. 병판은 여식을 궐에 보내놓고 나서야 자신이 왕을 너무 얕잡아 보았던 것을 후회했다. 여식은 내명부 정이품에 해당하는 소의가 되었으나, 중전의 지밀상궁에게 뺨까지 맞았다. 그러나 여러 가지로 우려스러운 상황에서도 여식은 그 당찬 성격에 걸맞게 궁의 생활에 조금씩 적응하고 있었다. 청나라 사신들의 방문은 중전을 끌어내리고 여식의 지위를 확보할 절호의 기회였다. 병판은 이런 큰 행사를 앞두고 딸에게 무언가 실속 있는 발판이 되어 주고 싶었다.

조정의 대신들은 물 밑에서 치밀한 준비를 해왔다. 고맙게도 영의정이 앞장서서 청나라 사신들의 방문이 성립될 수 있도록 진두지휘를 해주었다. 게다가 영의정은 왕을 끝까지 몰아붙여 이 행사에서 중전을 제외시켰다. 이는 영의정의 정치적 수완과

배짱이 아니었다면 불가능한 일이었을 것이다. 물론 병판 자신도 영상 대감의 주문에 따라 병영의 심복들뿐 아니라 청과 밀접한 역관 몇 사람을 은밀히 움직이게 했다. 그것은 청의 사신 방문이라는 공식 행사에 대신들의 입김을 불어넣고, 청나라의 힘을 빌려 왕권을 견제하기 위한 조처였다. 상황은 생각보다 순조롭게 전개되었다.

병판은 후궁전에 들기가 무섭게 진연의 자리 배치도를 꺼냈다. 소의는 찻잔을 든 채 호기심으로 눈을 빛내며 배치도를 살펴보았다. 병판은 소의라는 품계에 걸맞게 갑작스럽게 성숙해진 여식의 모습을 보자 가슴이 찡했다. 소의는 지밀에게 맞은 뺨의 얼얼한 감각이 여전히 남아 있었다. 그리고 지밀 뒤에 서서 자신을 빤히 지켜보던 중전의 얼굴을 생각하면 자신도 모르게 어금니를 힘껏 깨물곤 했다. 소의는 찻잔을 소반에 내려놓고 두 손으로 자리 배치도를 들어 자세히 들여다보았다. 진연은 그동안 봐왔던 궁중 행사들과는 비교할 수 없이 규모가 커보였다. 이런 공식 행사의 중심부에 자신의 자리가 떡하니 배정되어 있었다. 그러나 놀랍게도 중전의 자리는 빠져 있었다. 갑자기 마음이 홀가분해지면서 중전에게 받았던 모욕도 일시에 씻겨나간 듯했다. 소의는 진연의 배치도가 확정적임을 한 번 더 확인하고 싶었다.

"청나라 사신들을 위한 진연에 자리를 이리 배치하리란 말씀이지요?" 소의가 여유 있는 말투로 물었다.

"전하께서 윤허하신 일이옵니다." 병판의 목소리는 정중했지만 자신감이 넘쳤다.

"이번 진연에서 중전의 자리는 마마의 자리가 될 것이옵니다."

부친의 믿음직한 목소리를 듣자 소의는 안심이 되었다.

"들었는가?"

"네, 마마."

소의의 말에 대나무 발 밖에 대기하고 있던 돌석은 고개를 조아렸다.

궁녀들이 돌석 앞에 다양한 색상의 비단들을 가져다놓았다.

"그곳에 모인 어떤 여인보다도 아름다워야 할 걸세."

소의는 도도한 눈빛으로 돌석을 내려다보았다. 돌석은 다시 머리를 조아리고 자리에서 물러났다.

상의원으로 돌아가려는 돌석을 병판이 불러 세웠다.

"잘 부탁하네." 병판은 느긋한 표정으로 말했다.

"잘, 알겠습니다."

돌석이 고개를 숙였다.

"저번에 내가 했던 말, 기억하는가?"

병판은 실눈을 뜨고 돌석에게 머리를 가까이 기울였다.

"……"

병판의 말에 돌석은 머뭇거렸다.

"자네도 나처럼 무기를 쓰는 사람 아닌가. 크기가 다르긴 하지만."

"……"

"글만 읽는 자들과는 분명히 다른 세계가 있지. 하하하하하, 아니 그런가?"

"무슨 말씀이시온지?"

"무슨 말이긴, 이대로 쭉 같이 가자는 말이지."

돌석은 병판의 부담스러운 말에 다시 고개를 숙였다.

"청나라가 이 나라의 안주인을 확정하는 자리인 만큼, 경험 많은 자네만 믿겠네."

병판은 말을 마치고 돌아섰다. 돌석은 상의원으로 향하는 내내 마음이 마치 갈지자로 걷는 것만 같았다. 왕권과 신권 사이의 밀고 밀리는 기싸움은 날이 갈수록 치열해졌다. 돌석은 어떻게 처신해야 좋을지 섣불리 판단할 수 없었다. 그렇다고 마냥 물러서 있을 수도 없는 노릇이었다. 이런 상황에서 소의의 의대 작업을 맡자 등줄기에서 서늘한 냉기가 느껴졌다.

공진은 취향루 별채에서 옷을 지으며 소일하고 있었다. 궐의 생활은 전에 몰랐던 큰 기쁨과 동시에 자신의 존재가 난도질당하는 듯한 충격을 주었다. 거의 식음을 전폐하며 만든 옷들이 땅속에 처박혀 뒹구는 꼴을 보자, 공진은 자신의 한 부분이 떨어져 나가는 듯한 충격을 받았다. 그 일 이후로 공진은 궐에 발길을 끊었다. 그러나 공진의 상태는 아랑곳하지 않고 사대부집 여인들은 매일 같이 취향루 별채로 몰려들었다. 공진은 머릿속을 비운 채 밀려드는 주문에 맞춰 옷을 지었다. 적어도 옷을 지을 때

만큼은 더없이 마음이 편했다. 그렇게 공진의 생활은 자연스럽게 일에만 몰두하는 일상으로 바뀌었다.

"너 정말 등청 안 할 거야? 자, 그만하면 됐으니 어서 가자!"

판수는 기녀의 몸 치수를 재고 있던 공진의 팔을 막무가내로 잡아끌었다.

"……"

그러나 공진은 묵묵부답이었다.

"에휴… 궐 안이나 궐 밖이나 죄다 진연 날에 입을 옷을 맞춘다고 난리들인데, 정작 나라의 안주인은 비단 손수건 한 장도 필요없게 됐으니, 쯧…."

판수의 말을 듣자 공진은 절대 일어나선 안 될 일이 일어나고 있음을 직감했다. 그는 하던 일을 멈추고 그길로 대조전을 향해 내달렸다.

"소인이 마마께서 진연에 입고 나가실 옷을 만들게 윤허해 주시옵소서." 공진은 얇은 주렴 뒤에 앉은 왕비에게 말했다.

"진연에 가지 않을 것입니다." 왕비는 공진을 외면한 채 말했다.

"마마, 왜 자꾸 피하려고만 하십니까?" 공진이 간절하게 물었다.

"……"

"진연장의 모든 이가 마마의 자태에 놀라고 눈이 부셔서 감히 고개를 들지 못할, 그런 옷을 소인이 반드시 지어 올리겠사옵니다." 확신에 찬 말투였다.

"무엄하오!"

"지금껏 어디서도 본 적이 없는 색과 모양이 될 것이옵니다. 전하뿐 아니라 그 어떤 사내라도 마마에게서 눈을 뗄 수 없도록… 마마를 하늘 아래 가장 아름다운 여인으로 만들어드리겠사옵니다."

순간 왕비의 시선은 주렴 사이를 비집고 공진의 눈을 향했다. 이글이글 불타오르는 공진의 눈빛에 왕비의 냉랭했던 가슴은 마치 그 불이 옮겨붙기라도 한 듯 갑자기 뜨거워졌다.

"치수를 잴 테니 나인들을 들라 하게." 왕비는 마음을 굳힌 듯 단호하게 명했다.

"마마!" 지밀이 놀라 외마디소리를 질렀다.

"아뢰옵기 황공하오나 소인이 만들 의대는 지금껏 세상에 없던 모양이라, 한 치도 틀림 없이 옷을 짓자면 소인이 직접 치수를 재야만 하옵니다. 마마, 윤허하여 주시옵소서."

"……"

잠시 침묵이 흘렀다.

"그리하시오."

이미 마음을 정한 왕비는 공진의 요구에 순순히 응했다. 왕비의 윤허가 떨어지자 공진은 들고 갔던 비단 주머니를 펼쳤다. 안에는 가위와 자, 바늘을 비롯해 온갖 침선 도구들이 가지런히 구비되어 있었다. 공진은 비단으로 만든 권척을 챙겨 일어났다. 지밀은 공진에게 목소리를 낮춰 속삭이듯 당부했다.

"절대, 절대로 옥체에 손이 닿아선 아니 될 것이오."

공진은 아무 말 없이 지밀의 앞을 지나쳤다. 지밀은 궁녀들에게 물러나라고 눈짓했다. 공진은 주렴 안쪽으로 발을 디뎠다. 왕 말고는 이 세상 어떤 남자도 넘을 수 없는 선을 넘어선 것이다. 공진은 등을 돌리고 서 있는 왕비에게로 다가섰다. 한 걸음 한 걸음 앞으로 나아갈 때마다 괴력의 장사가 그의 발목을 잡아 뒤로 끄는 것처럼 무거웠다. 공진이 몸에 닿을 듯 가까워지자 왕비의 숨소리가 가빠졌다.

"소신, 잠시 옥체에 손을 대겠사옵니다."

순간 지밀의 눈에 쌍심지가 돋았다. 왕비는 공진 앞에 선 채 천천히 두 팔을 수평으로 들어올렸다. 그러자 공진은 뒤에서 손을 뻗어 조심스럽게 왕비의 옷고름을 잡았다. 순간, 긴장한 왕비의 목에서 침 넘기는 소리가 잠긴 자물쇠가 열리는 소리처럼 명쾌하게 공진의 귓전을 때렸다. 설익은 열매의 과육처럼 희고 매끄러운 왕비의 귓불이 분홍빛으로 물들기 시작했다. 공진은 옷고름을 반쯤 당겼다. 옷고름을 쥔 공진의 손은 너무 힘이 들어간 탓에 감각이 마비된 것 같았다. 왕비는 옷고름을 당기는 공진의 손을 본능적으로 제지하다가 소스라치게 놀라 손을 거뒀다. 잠시 동작을 멈췄던 공진은 다시 손에 힘을 주고 옷고름을 마저 당겼다. 스르르 저고리가 바닥으로 내려가는 것과 동시에 얇은 속저고리 사이로 왕비의 흰 목덜미와 어깨가 드러났다.

공진은 마른침을 삼키고 숨을 들이쉬었다. 그리고 왕비의 치맛말기를 풀기 위해 손끝에 힘을 주었다. 왕비의 비단 치마가 스스르 발치에 떨어졌다. 주렴 밖에서 그 광경을 본 지밀은 놀라서 눈을 질끈 감았다. 속치마와 속저고리만을 걸친 왕비의 모습을 보자 공진은 왕비의 몸과 옷의 경계가 흐릿해지며 마치 한 폭의 그림을 보는 듯했다. 왕비는 뒤에서 자신을 바라보고 있는 남자의 시선을 느끼고 있었다. 그것은 태어나서 한 번도 경험하지 못한 미묘한 감각이었다. 왕비는 자신도 모르게 몸을 움츠렸다. 눈앞이 아득해졌다. 숨조차 제대로 쉴 수 없었다.

"치수를 잴 때는 몸을 바로 하셔야 하옵니다."

"……"

공진의 말에 깜짝 놀라 왕비는 팔과 다리에 힘을 주었다. 공진은 권척을 풀어 치수를 재기 시작했다. 그의 손가락이 닿을 듯 말 듯 왕비의 속저고리를 스쳤다. 손가락 끝이 몸에 가까워질 때마다 왕비의 가슴에 파문이 일었다. 공진의 손길은 어느새 목덜미를 따라 허리로 내려왔다. 왕비는 강한 전율이 온몸을 타고 흐르는 것을 느꼈다. 이 강렬하면서도 두렵고, 위험하면서도 달콤한 감각은 대체 무엇인가. 왕비는 가벼운 어지럼증을 느끼며 공진의 손길에 몸을 맡기고 있었다. 공진의 손길은 발끝에서 허벅지로, 허리에서 배꼽으로, 겨드랑이를 지나 가슴을 감싼 치맛말기까지 구석구석 스쳐갔다. 왕비는 머릿속이 아뜩해져 눈을 질끈 감았다.

공진은 왕비의 손을 감싸 쥐고 싶었다. 이유는 알 수 없었지만 왕비의 손을 꼭 잡으면 자기 마음이 그대로 그녀에게 전달될 것만 같았다. 공진은 잠시 망설였다. 그러나 마음이 가는 대로 몸이 따라갈 수는 없었다. 공진은 어금니를 앙다물고 왕비의 어깨에 커다란 비단 원삼을 덮어주고 나서 일을 마쳤다.

공진은 등줄기에 흐른 땀으로 옷이 흠뻑 젖었음을 뒤늦게 깨달았다. 그는 왕비에게 말하고 싶었다. 지금이 아니면 말할 순간이 평생 찾아오지 않으리라는 것을 알고 있었다. 그러나 그의 말은 입안에서만 소용돌이치며 맴돌았다. 공진은 천천히 뒷걸음치며 물러나 주렴 밖으로 나왔다. 원삼을 걸치고 돌아보는 왕비의 모습이 눈앞에서 아득하게 멀어졌다. 그렇게 반각도 안 되는 짧은 시간에 공진은 영원의 시간을 왕비와 함께했다.

19. 돌석과 공진의 대결

상의원 뒷마당에 짙은 어둠이 내렸다. 장인들은 모두 퇴청했지만 돌석의 공방은 환하게 불이 밝혀져 있었다. 돌석은 며칠째 새벽까지 소의의 의대를 만들고 있었다. 작업은 상당히 진척되어 마무리 단계의 바느질이 시작되었다. 바느질은 의대를 만드는 과정에서 가장 까다로운 작업이었지만 돌석은 다른 침선비나 공장과 달리 바느질하기를 좋아했다. 한 땀 한 땀 완성을 향해 나아가는 돌석의 바느질은 투박하기 이를 데 없는 그의 손을 보고는 상상조차 할 수 없이 정교했고, 명필의 붓놀림처럼 절제되고 우아했다. 돌석에게 소의의 원삼을 짓는 작업은 피를 말리는 고통의 연속이었다. 왕과 영의정 사이에 묘하게 걸쳐 있는 자신의 처지도 불안했고, 청나라 사신들의 시선도 부담스러웠다. 병판이 소의의 의대 제작을 의뢰했을 때부터 돌석은 근심이 깊어져 이따금 악몽을 꾸기도 했다.

궐의 분위기로 미루어볼 때 다가올 진연에서 자칫 예기치 않은 사태가 발생할 수도 있을 것 같아 돌석은 큰 행사를 앞두고 신경이 곤두서 있었다. 이번 진연은 대신들이 청나라 사신을 앞세워 왕의 자존심을 건드리면서까지 강행하는 행사였다. 돌석은 이런 상황에서 사대부들이 말하는 중용지도의 자세로 사태를 관망하려 했지만 이미 병판의 청을 받아들여 의대 작업을 진행하고 있었다. 이런 자신의 결정이 진연 이후 어떤 사태를 초래할지 내심 두려웠다.

"아, 공진이 그 자식, 좀 있으면 온다니까." 늦은 시각이었으나 익숙한 판수의 목소리가 들렸다.

"여기가 뭐 지 맘대로 왔다 갔다 하는 곳입니까?"

대길은 입을 비쭉 내밀고 공진의 자리를 빠르게 정리했다.

"너, 어째 나한테 대드는 것 같다?"

돌석은 짐짓 바느질에 열중하고 있었지만, 시선은 판수와 대길을 향했다. 두 사람 너머로 공진의 빈자리가 보였다. 그 모습을 보자 마음속에 들러붙은 묵은 먼지를 말끔하게 쓸어낸 것 같았다. 돌석은 공진에 대해 여전히 인간적인 매력을 느끼고 있었지만 궐의 법도상 공진은 언제 터질지 모르는 화약 같은 존재였다. 궐 안에서 불안하게 가슴을 졸이느니 미리 후한의 싹을 잘라버리는 편이 옳았다. 눈을 부라리며 대길에게 불평을 퍼붓던 판수는 포기한 듯 혼잣말을 중얼거리며 상의원을 떠났다. 그리고 다시 상의원에 정적이 찾아왔다. 돌석은 나흘 가까이 이어진 밤샘 작업으로 피로가 엄습하는 것을 느꼈다. 돌석은 손에 잡고 있던 의대를 내려놓고 작업을 중단했다.

"퇴청하시겠사옵니까?" 초췌한 돌석의 표정을 가까이서 살피던 대길은 안쓰러운 얼굴로 물었다.

"오늘은 그리 하자."

대길을 앞세우고 돌석은 상의원을 나섰다. 밤바람이 목덜미를 타고 의복 아래로 스며들어 상쾌했다.

대길의 손에 든 등불은 어둠을 두 갈래로 가르는 거대한 가위 같았다. 거리는 쥐죽은 듯 고요했다. 한참을 앞서 걷던 대길은 이상한 느낌이 들어 발걸음을 멈추고 뒤를 돌아보았다. 돌석은 어두운 길 한가운데 멈춰 서서 눈을 감고 서 있었다. 대길은 이게 무슨 일인가 싶어 멍하니 돌석의 얼굴을 바라보며 잰걸음으로 다가갔다.

"어르신, 무슨 일이라도?"

"눈을 감아 보거라."

돌석의 대답 또한 뜬금없었지만, 대길은 묵묵히 눈을 감고 고개를 들었다.

"뭐가 보이느냐?"

"아무것도 안 보입니다. 뭐가 보여야?"

대길의 말에 돌석은 답답한 듯 눈을 뜨고 감탄한 표정으로 달을 바라보았다.

"취향루로 가자."

"네…?"

돌석의 말에 대길은 고개를 갸우뚱했다.

취향루 앞에 다다르자 취향루의 기녀들이 만면에 웃음을 짓고 달려 나왔다. 돌석은 기녀들의 손을 가볍게 뿌리치고 별채로 향했다. 공진의 모습이 보이지 않았다. 돌석은 공진의 바느질 방을 천천히 둘러보았다. 그러다 책상 위에 놓인 그림에 시선이 멎었다. 돌석은 책상으로 다가가 시선을 내리깔고 그림을 훔쳐보았다. 의대를 그린 그림이었다. 그때였다. 밖에서 인기척이 나더니 공진이 들어섰다. 돌석은 갑작스러운 공진의 등장에 어색한 듯 헛기침을 했다. 공진은 돌석의 방문에 아랑곳하지 않고 묵묵히 작업을 시작했다.

"지나가다가 술이나 한잔 하고 싶어서 들렀네."

"이런 천한 곳에서 술도 드십니까?"

공진의 말에 가시가 돋쳐 있었다.

"……"

"소인 어침장님 볼 일 없습니다."

공진이 작업에 몰두하자 돌석은 멋쩍어서 사방탁자 위에 놓인 공진의 물건을 만지작거리며 어색한 자세로 서 있었다.

"옷을 만드는 게 왜 좋은가?" 돌석이 말을 꺼냈다.

"……"

공진은 묵묵부답이었다.

돌석은 공진을 바라보다 뒤편에 있는 작은 내실로 눈길이 갔다. 돌석은 강한 호기심이 발동해 내실 안으로 들어갔다. 내실 한쪽에는 온갖 색깔의 고급 비단들이 가지런히 정리된 채 쌓여 있었다. 궐에서 최상품의 비단들을 봐왔지만 궁과는 계통이 다른 수입 비단들로 눈이 호사스러웠다. 게다가 맞은 편 벽에는 울긋불긋하게 채색된 화려한 옷 그림들이 빼곡히 붙어 있었다. 궐의 의대와는 달리 화려하고 세련된 의대들의 모습에 감탄이 절로 나왔다.

"이게 다 자네가 그린 거란 말인가, 누굴 입히려고?"

"아, 나오세요."

공진은 돌석의 손을 잡아끌었다.

돌석은 공진의 손에 끌려나오면서도 벽의 그림들을 자세히 살펴보았다. 종이 위의 그림은 처음 보는 형태지만 적의와 치마저고리 같았다. 적어도 기녀나 일반 사가의 여인 들을 위한 그림 같지는 않았다. 명백히 왕실 여인들을 위한 옷 본새였다. 순간 돌석의 머릿속에서 왕비의 얼굴이 뇌리를 스치며 지나갔다.

"자네 혹시… 설마, 중전마마는 아니겠지?"

"……"

공진은 대답 대신 고개를 돌렸다.

"세상엔 할 수 없는… 해서는 안 되는 게 있단 걸… 진정 모르는가?"

"전 그런 거 모릅니다."

"그럼 마마는? 자네로 인해 마마께 어떤 위험이 닥칠지도 생각해보았는가?"

돌석은 공진의 대답에 어이가 없다는 표정이었다.

"더 이상 얼마나 위험해진답니까? 이미 진연장엔 중전마마의 자리조차 없거늘." 공진의 목소리에서 분노가 흘렀다. "소의인가 뭔가 하는 여자가 마마의 자리에 앉을 거라 합니다! 말해보세요. 이보다 위험한가요? 소인이 마마를 위해서 만드는 이 옷들이?"

"난 못 보고 못 들은 걸로 하겠네."

돌석은 작업실을 나서려다 발밑에 흩어져 있는 옷 그림들을 슬쩍 훔쳐보았다. 공진은 자리에 앉아 그림을 그리려다가 화가 난 듯 책상 위에 놓인 종이를 구겨 던졌다. 공진을 바라보는 돌석의 눈빛이 좌우로 심하게 흔들렸다.

돌석은 공방의 의대 틀에 걸려 있는 원삼을 천천히 바라보았다. 많은 고뇌와 각고의 노력으로 완성을 앞둔 의대지만 공진의 그림들을 본 후로 마음이 널뛰기 시작했다. 자신의 손끝을 거쳐 탄생한 옷 중에서 최고로 손꼽힐 만한 옷이 될 터였다. 이런 마음이 들다가도 돌석의 새 의대에 대한 자부심은 바닥으로 추락하곤 했다. 돌석은 마음을 차분히 가라앉히고 의대 틀에서 원삼을 걷었다. 얼마 남지 않은 바느질 부위에 바늘을 가져다 댔다. 바늘 끝이 생각처럼 움직이지 않아 몇 땀 나아가지 못했다. 돌석은 바늘을 내려놓고 양손으로 얼굴을 감싸 쥐었다.

"퇴청하실 시간이옵니다." 대길의 목소리가 들렸다.

돌석은 책상에 펼쳐놓은 원삼을 물끄러미 바라보았다.

"네가 보기에는 어떠하냐? 아름다우냐?"

"스승님께서 만드신 것을 소인이 감히 어찌…."

"그래, 먼저 나가보거라."

대길은 고개를 갸웃거리며 예를 올리고 나갔다. 돌석은 긴 한숨을 내쉬었다.

공진은 바느질 방에 틀어박혀 폐인처럼 일에 열중했다. 진연 예정일이 다가올수록 공진의 몰골은 엄동설한의 앙상한 나무처럼 변해갔다. 월향의 눈에 공진은 여우에게 홀려 얼이 빠진 얼간이처럼 보였다. 공진의 관심은 오로지 왕비에게만 있었다. 월향의 마음은 질투와 연민 사이를 하루에도 몇 차례씩 오갔다. 월향은 참다 못해 공진의 바느질 방 문을 열었다. 공진은 인기척도 못 느낄 정도로 작업에 몰입해 있었다. 그는 여러 가지 색상의 비단을 겹쳐 대보더니 갑자기 바닥에 내동댕이쳤다. 월향은 깜짝 놀라 가슴이 철렁했다.

"잠시 쉬면서 한술 뜨시지요, 벌써 사흘째 식음을 전폐하고 일에만 매달려 계십니다."

공진은 미친 듯이 옷감만 뒤적였다.

"이제 그만 좀 하세요!" 월향은 목소리를 높이며 공진의 손에서 옷감을 빼앗았다. "소첩의 집에서 살면서 계속 다른 여인을 생각할 거라면 당장 나가세요. 나가시란 말입니다!"

월향은 옷감을 내던지고 벽에 붙어 있던 그림들을 거칠게 뜯어냈다. 분을 못 이긴 월향은 손에 쥔 그림을 갈기갈기 찢어 공진에게 던졌다. 종잇조각들이 산산이 흩어져 공진의 머리 위에 내려앉았다. 공진은 퀭한 눈빛으로 자리에서 일어나 주섬주섬 옷감을 챙겨 방 밖으로 나갔다. 월향은 말 한마디 없이 취향루를 나서는 공진의 뒷모습을 슬픔 가득한 눈으로 바라보았다. 월향의 눈시울이 뜨거워졌다. 월향은 공진의 뒤를 쫓으려고 대문 밖으로 나섰다가 이내 발길을 멈췄다. 공진의 뒷모습은 영원한 이별을 고하는 무언의 전언 같았다. 월향은 다시는 공진을 볼 수 없으리라는 예감이 들었다. 터덜터덜 집 안으로 돌아온 월향은 툇마루 기둥에 몸을 기대고 앉았다. 어느새 눈물이 뺨을 타고 흘러 목덜미를 적시고 있었다.

그때 돌석이 열린 문을 통해 마당으로 들어섰다. 흘끔거리며 방 안쪽을 살피던 돌석이 월향에게 물었다.

"공진이 안에 있는가?"

"어디 갔는지 소첩도 모르옵니다."

"언제 돌아올지 모르나?"

"모릅니다. 이제 그이 행방은 제게 묻지 말아주십시오."

"뭐라? 공진이 취향루를 아예 떠났단 말인가?" 돌석은 월향의 붉게 충혈된 눈을 바라보며 재차 물었다.

"……"

월향은 말없이 고개를 숙이더니 갑자기 양손으로 얼굴을 감싸고 울음을 터뜨렸다.

돌석은 마루에 올라 공진의 바느질 방 안으로 들어갔다. 구겨진 옷과 어지럽게 흐트러진 온갖 색채의 비단, 게다가 찢어진 종이들이 뒤섞여 마치 도둑이라도 들었던 무당집 같았다. 돌석은 천천히 방 안을 둘러보았다. 방 한쪽에 공진이 작업하던 그림들이 쌓여 있었다. 돌석은 그림들을 찬찬히 살펴보다가 고개를 돌려 밖을 바라보았다. 월향은 눈물을 닦으며 여전히 마루 끝에 앉아 있었다. 돌석은 서둘러 그림들을 한두 번 접은 다음 품속 깊이 쑤셔 넣었다. 그의 손이 가늘게 떨리고 있었다.

"무슨 말을 남기지는 않던가?" 돌석은 시침을 떼고 아무 일 없었던 듯 점잖은 얼굴로 월향에게 물었다.

"……"

월향은 옷고름으로 눈물을 훔치면서 말없이 고개를 숙였다.

돌석은 급히 시전을 향해 발걸음을 재촉했다. 길을 걷는 동안 돌석의 머릿속에서는 자신이 작업한 옷과 공진이 그려놓은 옷들이 어지럽게 뒤섞이고 있었다. 시전 안 자신의 공방에 들어서자마자 돌석은 공진의 그림을 바닥에 펼쳤다. 그림 한 장 한 장을 자세히 들여다보면서 옷의 전체적인 형태에 따라 위치를 바꿔가며 맞춰보았다. 그러자 공진이 만들려는 옷의 형태가 더 선명하게 드러났다. 공진의 성격을 그대로 반영하듯 궐의 예법을 슬쩍 빗겨가면서도 우아하고 품격 있는 옷의 모양새가 돌석의 마음을 아프게 파고들었다. 하지만 어딘가 모르게 허전한 느낌이 들었다. 돌석은 바닥에 펼쳐놓은 그림에서 한 걸음 물러서서 그림의 상하좌우를 대비해가며 천천히 음미해보았다.

"허허허… 허허허… 바로 이런 것이었구나. 이런 것이었어. 그랬어."

큰 깨달음이라도 얻은 듯 돌석은 헛헛한 웃음을 연달아 터뜨렸다.

그때 문밖에서 인기척이 들렸다.

"대길이옵니다. 여직 기침해 계시온지요?"

"아, 자넨가. 시간이 벌써 그리 되었는가?"

문이 열리며 대길이 들어왔다. 돌석의 얼굴을 바라보던 대길의 눈길이 바닥에 펼쳐진 그림으로 옮겨 갔다.

"이런 것을 어떻게 그림으로 그릴 생각을 하셨사옵니까."

대길의 눈이 휘둥그레졌다.

"참으로 아름답사옵니다."

대길의 칭찬에 돌석의 얼굴이 살짝 붉어졌다.

"그, 그토록… 아름다운가?"

"그렇사옵니다. 어르신!"

대길은 진심으로 감탄한 기색이 역력했다.

"마치, 꿈속에서나 보는 의복 같사옵니다."

대길의 말에 돌석의 눈동자가 불안하게 흔들렸다.

시간에 쫓기던 돌석은 결단을 내려야 했다. 그는 상의원 공방 한쪽 벽에 공진의 그림을 순서에 맞게 붙여놓았다. 그림을 응시하는 그의 표정에 비장한 기운이 감돌았다. 공방 밖에서는 돌석의 지시에 따라 장인들이 진연복 제작에 필요한 재료들을 가공하기 시작했다. 굴 껍질을 태워 석회가루를 만드는 장인부터 항아리마다 각기 다른 물감을 만드는 장인까지 모두 능숙하고 신속하게 움직였다. 돌석은 벽에 붙여놓은 그림을 보며 작업대에 쌓인 머리카락으로 가체를 만드는 작업에 착수했다. 돌석의 손놀림은 머리카락으로 수를 놓는 듯 유연하고 정교했다. 중천에 떠 있던 해가 서쪽으로 뉘엿뉘엿 기울 무렵, 작업대에는 돌석의 손을 거친 가체가 근사한 모양을 뽐내고 있었다. 돌석은 그림의 가체 모양과 실제 가체의 모양이 비슷해 보이자 만족스러운 표정을 지었다.

가체를 완성하고 나서 돌석은 마당으로 나갔다. 그는 장인들이 작업해놓은 석회가루를 집어 손끝으로 비벼보며 상태를 점검했다. 그리고 마당 한쪽에 놓인 항아리들 속의 물감에 일일이 흰 천 조각을 넣어 천에 밴 물감의 상태를 꼼꼼하게 살폈다. 돌석은 흡족한 표정으로 작업에 필요한 비단을 염색하기 시작했다. 피처럼 붉게 물든 비단과 쪽빛으로 푸르게 물든 비단은 경쟁이라도 하듯 선명함을 뽐냈다. 돌석은 대길에게 비단을 잘 헹구어 말리라고 지시하고 공방 안으로 들어와 잠시 눈을 붙였다.

돌석은 새벽녘에야 눈을 뜨고 다시 작업을 시작했다. 옷을 짓는 일은 비단에 물감이 완전히 들 때까지 기다려야 하기에 하루 이틀 뒤로 미루어놓고, 손이 많이 가는 장식물들을 만들기 시작했다. 기하학적인 꽃문양을 만들기 위해 이에 필요한 틀을 나무칼을 이용해 정교한 손놀림으로 조각했다. 몇 가지 문양을 위한 틀의 조각을 끝내자, 상의원 밖에는 벌써 어둠이 내려앉았다.

돌석은 잠시 휴식을 취하고 염색이 끝난 비단을 작업대에 넓게 펼쳐놓고 꼼꼼히 살펴보았다. 최고급 비단의 표면을 만지자 숫처녀의 속살처럼 부드러운 감촉이 손끝에 전해졌다. 돌석은 차분하게 마음을 가다듬고 마름질을 하고 나서 가위로 비단을 정성껏 잘라냈다. 그는 이틀 동안 두문불출하고 의대 제작에만 매달렸다. 솜씨 좋은 침선비 여럿이 상의원에서 교대로 낮밤을 지키면서 돌석의 작업을 거들었다. 전쟁터 같았던 공방 안에서 돌석은 진연복의 마무리 작업에 박차를 가했다. 돌석은 미리 만들어놓은 문양 틀에 아교를 발라 옷감에 찍고, 금박지를 붙여 톡톡 두드렸다. 고도의 집중력이 필요한 작업의 연속이었다. 새벽을 알리는 어슴푸레한 빛이 공방의 문창호로 스며들자 길었던 돌석의 작업도 거의 마무리되었다.

돌석은 완성된 진연복을 의대 틀에 걸어놓고 몇 걸음 뒤로 물러나 바라보았다. 흔들리는 촛불 빛을 머금어 치마 하단의 금박 문양들이 영롱하게 빛을 발했다. 돌석은 금빛으로 빛나는 치맛단을 바라보자 산사에서 새벽 일출을 보았을 때처럼 은은한 감동이 온몸에 퍼지는 것을 느꼈다.

20. 진연에 나서다

진연 준비로 들썩였던 궐내 분위기는 한껏 고조되어 있었다. 드디어 청나라 사신이 도착하자 왕은 빈 어좌에 놓인 청나라 황제의 관모를 향해 삼배를 올리고, 청의 사신들을 맞았다. 왕은 애써 미소를 지었으나, 내심 탐탁지 않은 행사인 만큼 속에서 스멀스멀 노여움이 피어올랐다. 왕은 용상을 차지하면 세상은 온전히 자기 것이 되리라 믿었다. 그러나 현실은 그리 간단치 않았다. 조선의 궁에서 조선의 왕이 청나라 황제의 관모 앞에 무릎을 꿇고 세 번 절을 올려야 했다. 이 나라가 대체 누구의 나라란 말인가. 왕은 씻을 수 없는 치욕에 치를 떨었다. 대신이라는 자들은 하나같이 청의 사신들에게 눈도장을 찍으려고 혈안이 되어 있었다. 왕은 진연을 중단하고 당장 대신들을 모두 쓸어버리고 싶었다.

풍악이 울리고 무희들은 춤을 추었다. 대전 앞은 월령을 입은 정경부인들로 여느 저녁과 달리 화려했다. 형형색색의 옷들이 빽빽하게 자리를 메워 눈이 부셨다. 월대에는 왕이 청나라 사신 대표와 함께 자리를 잡고 있었다. 그 밑에서 대신들은 청나라 사신 일행과 술을 마시며 담소를 나누고 있었다. 은은한 달빛이 비추자 진연장의 흥취는 더욱 고조되었다.

"소의마마, 납시오!"

딱, 딱, 딱따기 소리와 함께 호명하는 별감의 목소리가 장내에 울려 퍼졌다.

음악이 바뀌자 왕과 사신 대표는 장내로 들어오는 여인을 향해 고개를 돌렸다. 대전 앞에 있던 사람들의 시선도 일제히 한쪽으로 쏠렸다. 소의였다. 크고 화려한 가체. 금박으로 장식된 붉은 원삼. 화려하기 이를 데 없는 연회복에는 기품과 격조가 있었다. 정경부인들 입에서 탄성이 터져 나왔다. 청나라 사신들의 눈은 빛을 발했고, 입가에는 미소가 흘렀다. 굳었던 왕의 표정도 슬그머니 누그러졌다. 병판은 돌석에게 미소를 보내며 고개를 끄덕였다. 돌석의 입꼬리도 슬며시 위로 올라갔다. 소의 일행이 진연장 한가운데로 나아가자 별감은 병졸들에게 대전의 문을 닫으라고 손짓했다. 그러나 힘주어 문을 밀던 병졸들이 갑자기 동작을 멈췄다. 한 무리의 사람들이 다가오고 있었던 것이다.

"뭐하고 있는가? 냉큼 고하지 않고!" 지밀의 목소리는 서슬이 시퍼랬다.

"송구하오나, 소인이 명을 받자옵기는…."

뜻밖의 상황에 별감은 허둥대며 다급하게 손짓했다. 별감의 손짓을 보고 병졸들은 문을 반대로 당기기 시작했다. 둔중한 소리를 내며 대전의 문이 활짝 열렸다. 진연장의 불빛은 문 뒤에 서 있는 일행의 모습을 비추었다. 좌우에 서 있는 궁녀들이 일제히 장막이 달린 긴 막대를 들어올려 왕비의 모습을 가렸다. 왕비 일행의 옆에 서 있던 공진은 진연장으로 들어가는 왕비를 향해 넙죽 엎드려 큰절을 올렸다. 별감이 딱따기를 치며 외쳤다.

"주, 주, 중전…."

"중전마마 납시오!" 공진이 머리를 조아린 채 더듬거리는 별감의 말을 이어 큰 소리로 외쳤다.

진연장은 갑자기 참석자들의 웅성거리는 소리로 뒤덮혔다. 대신들은 깜짝 놀라 문 쪽을 바라보았다. 왕과 청의 사신들도 무슨 일인가 싶어 시선을 돌렸다. 웃음을 머금고 왕을 향해 다가가던 소의도 발걸음을 멈추고 고개를 돌렸다. 좌우에 나란히 선 궁녀 두 사람이 막대에 감긴 길고 흰 천을 펼치며 빠른 걸음으로 나가자 통로는 양쪽에 막을 친 것처럼 되었다. 그렇게 어도(御道)가 가려지자 진영장 안에서 웅성거리는 소리가 들렸다. 그때였다. 흰 천이 바닥으로 떨어지는가 싶더니 궁녀들은 재빨리 그 천으로 바닥을 덮어 하얀 길을 만들었다.

그러자 왕비는 하얀 천 위를 천천히 걷기 시작했다. 왕비의 의대는 소의의 적의와는 완전히 다른 모양이었다. 어두운 밤하늘 아래에서 홀로 당당하게 흰 길을 걷는 왕비의 모습은 좌중을 압도했다. 돌석은 왕비의 옷을 살피느라 다급하게 손짓하는 병판을 알아볼 겨를도 없었다. 왕비의 의대는 제비꽃을 떠올리게 하는 보라색이었다. 원삼에는 좀처럼 쓰지 않는 색이었다. 소의가 입은 붉은 원삼은 진연장의 불빛을 받아 옷만 도드라지게 부각되었지만 왕비가 입은 옷 색깔은 은은한 빛을 발하며 왕비 자신을 선명하게 부각하고 있었다. 보랏빛 비단에 수놓은 넝쿨 형태의 우아한 금박과 은박 장식도 절제된 아름다움으로 빛을 발했다. 크기를 극단적으로 키웠던 소의의 가체와 달리 왕비의 머리에는 작지만 귀티가 흐르는 화관이 씌워져 있었다. 몇 명의 궁녀가 길게 늘어진 왕비의 치맛자락을 잡고 뒤를 따르고 있었다. 장식을 최대한 배제하고 형태만으로 단아함을 강조한 옷차림으로 일국의 왕비다운 품격을 충분히 느낄 수 있었다. 그리고 왕비의 얼굴에서는 범접할 수 없는 위엄이 빛나고 있었다.

왕비가 월대를 향해 다가가자 숨을 죽이고 왕비의 자태를 지켜보던 청나라 사신 일행이 일제히 자리에서 일어났다. 사대부 부인들도 따라 일어나 고개를 숙였다. 왕은 처음 보는 왕비의 화려하고 기품 있는 모습에 시선을 고정한 채 월대에서 내려왔다. 소의는 눈앞을 지나 왕에게로 다가가는 왕비의 모습을 보며 입술을 깨물었다. 왕비는 자신을 향해 한 걸음씩 다가오는 왕을 마주 보며 천천히 걸음을 계속했다. 왕은 왕비 앞에서 걸음을 멈추고 손을 내밀었다.

"오늘 중전의 모습이 무척 아름답구려." 왕의 목소리는 떨리고 있었다.

"……"

왕비는 미소 지으며 눈인사로 답례했다. 왕비는 사신들의 인사를 받으며 왕의 인도에 따라 월대 위에 있는 자리로 향했다. 왕과 왕비가 나란히 앉은 모습은 한 폭의 그림 같았다. 마땅히 앉을 곳을 찾지 못한 소의는 어쩔 줄 모르고 발을 동동 굴렀다. 돌석은 우왕좌왕하는 소의의 모습을 보자 얼굴이 후끈 달아올랐다. 그리고 자기도 모르는 사이에 황망하게 뒷걸음질치고 있었다. 그의 뒷걸음질은 점점 더 빨라졌다. 그러다가 갑자기 무엇인가 등에 닿는 느낌이 들어 돌석은 고개를 돌렸다. 경황없이 달아나던 중에 상 위에 있던 소반을 엎었는지, 궁녀 하나가 당황한 얼굴로 바닥에 떨어진 과일들을 주워 담고 있었다. 돌석은 도망치듯 진연장을 빠져나왔다.

후궁전에서 여인의 날카로운 고함소리가 들려왔다. 소의는 실성한 여자처럼 옷을 벗어 바닥에 내던졌다. 좀처럼 화가 진정되지 않는지, 바닥에 내던졌던 옷을 집어 들고 속옷 차림으로 후궁전 밖으로 뛰어나왔다.

"이 따위가 조선 최고의 어침장이 만든 옷이란 말인가!"

소의는 엎드려 머리를 조아리고 있는 돌석을 향해 원삼을 집어 던졌다. 돌석은 바닥에 내팽겨진 원삼을 뚫어져라 바라보았다. 이를 악물고 있던 그는 천천히 고개를 들어 소의의 얼굴을 올려다보았다.

"마마께서도 그따위 천한 옷이 입고 싶으신 겝니까?"

돌석의 모멸감은 이미 자제력의 한계를 넘어서 있었다.

"뭣이라?"

소의의 눈은 분노로 이글거렸다. 돌석도 지지 않고 소의의 두 눈을 똑바로 응시했다.

"기방에서나 놀리던 천한 손재주로 근본도 없는 옷을 만들어대는 놈에게 홀려, 궁의 예의와 법도도 무시한 채 그놈만 싸고도시는 중전마마가, 그리도 부러우신 게냐고 물었사옵니다."

"……"

소의는 돌석의 거침없는 폭언에 깜짝 놀라 입을 다물지 못했다.

21. 질투의 소용돌이

해가 뉘엿뉘엿 기울며 어둠이 조금씩 밀려들었다. 구중심처도 밤을 맞이하려는 듯 대조전 주위에는 정적이 감돌고 있었다. 붉은빛을 띤 촛불이 은은하게 왕비의 얼굴을 비추었다. 왕비의 흰 얼굴은 불빛을 받아 잘 익은 사과의 과육처럼 농염해 보였다. 공진은 그 모습을 마음속 깊이 새겨두려는 듯 그윽한 눈길로 왕비를 바라보았다.

"소인, 궐을 떠나기 전에 마지막으로 마마님을 뵙고자 왔습니다." 공진의 목소리에서 아쉬움이 절절하게 묻어났다.

"떠나다니요… ." 왕비는 상심한 표정으로 말을 잇지 못했다.

"궐 밖에서 이놈의 바느질을 기다리는 자들이 하도 성화를 부려서…."

공진은 품에서 무언가를 꺼내놓았다.

"그리고 이것…."

왕비에게 하사받은 봉잠이었다.

"……"

봉잠을 물끄러미 바라보는 왕비의 눈가에 작은 이슬이 맺혔다.

"언젠가 소인한테 꿈이 있느냐고 하문하셨지요. 부끄럽게도 그때까지 살면서 단 한 번도 소인의 꿈이 무엇인지 생각해본 적이 없었사옵니다. 하지만 소인도 마마를 뵈오면서 꿈을 꿀 수 있게 되었사옵니다." 공진의 목소리는 먹물을 빨아들인 종이처럼 촉촉해졌다.

"마마를 처음 뵈었을 때부터 지금까지가 소인에게는 꿈을 꾸는 시간이었사옵니다. 하지만 소인, 이제는 다른 꿈을 꾸려고 합니다. 부디 마마께서도 오래된 꿈을 이루시길 빌겠습니다."

왕비는 격해진 감정을 추스르려는 듯 고개를 숙였다.

"마마, 그동안 소인에게 감히 넘볼 수 없는 행복을 누리게 해주신 마마의 은혜가 망극하옵니다. 부디 강령하십시오."

공진은 왕비에게 큰절을 올렸다.

그 순간, 문밖에서 대전의 목소리가 들려왔다.

"주상전하 납시오."

왕비는 문 쪽을 바라보며 황망하게 일어섰다. 얼굴에 남아 있던 아쉬움의 흔적은 어느새 당황한 표정으로 바뀌어 있었다. 왕비는 엉거주춤한 모습으로 왕에게 인사를 올렸다. 공진은 몸을 돌려 왕을 향해 머리를 조아리며 엎드렸다. 왕은 말없이 공진을 내려다보았다. 왕의 두 눈은 화로에 마른 장작을 넣은 것처럼 활활 타오르고 있었다. 왕비는 공진에게 고정된 왕의 눈빛을 보자, 가슴이 두방망이질하듯 격하게 두근거렸다.

"소첩, 이자에게 의대를 만들라 하명하고 있었사옵니다." 왕비는 당황한 기색을 지우려 애쓰며 말했다.

"……"

왕은 거대한 산처럼 서 있었다. 천년만년 그 자리를 지킬 기세였다.

"소인 이만 물러나겠사옵니다."

정적의 바다로 공진이 조약돌을 던졌다. 의례적인 인사였지만, 공진의 말은 왕의 가슴에 깊은 소용돌이를 일으키며 분노를 일깨웠다. 왕은 의연한 모습을 보이려고 애쓸수록 마음속에서는 분노의 불길은 더욱 거세게 이글거리는 것을 느꼈다. 공진은 왕의 시선을 아랑곳하지 않고 고개를 조아리고 일어나 뒷걸음질치며 물러났다. 왕비는 물러가는 공진의 모습을 불안한 눈길로 바라보았다. 공진에게 고정되었던 왕의 시선이 왕비에게로 향했다. 왕은 자신을 사이에 두고 두 사람이 말없이 이야기를 주고받는 것 같은 상황이 몹시 불쾌했다. 두 사람이 쳐놓은 무언의 그물에 걸린 듯한 느낌이 들자 왕의 인내력은 폭발하기 일보 직전이었다.

'어서 내 눈앞에서 사라지거라.' 왕은 마음속으로 공진에게 소리쳤다.

공진은 나란히 서 있는 두 사람의 모습을 문틈 사이로 바라보았다. 심상치 않은 기운이 공진의 가슴을 헤집고 들어왔다. 좌와 우, 양쪽 문이 마치 거대한 칼날처럼 보였다. 문이 쾅! 하고 닫히자 공진은 왕비와 자신을 이어주었던 길고 가느다란 실이 툭! 끊어진 것만 같았다. 양쪽 눈가에 눈물이 맺혔다. 공진은 잠시 눈을 감고 숨을 크게 내쉬었다. 달이 구름 뒤로 사라지자 대조전은 세상에서 고립된 작은 섬 같았다. 그는 천천히 대조전 마당을 둘러보았다. 아담한 마당은 마치 왕비의 치마폭 같았다. 공진은 발끝에 힘을 주며 바닥의 감촉을 최대한 음미하며 걸었다. 선평문 앞의 댓돌을 내려서자 공진은 몸을 돌려 대조전을 향해 큰절을 올렸다.

왕비는 왕이 자리에 앉도록 한쪽으로 비켜섰다. 왕비는 뭔가 말을 꺼내고 싶었지만 왕의 안광에 눌려 좀처럼 입술이 떨어지지 않았다. 왕의 시선은 탁자 위의 봉잠에 날아가 꽂혔다. 불빛을 받아 날카롭게 빛나는 봉잠은 왕비를 향한 한 가닥 애정의 숨통을 끊는 비수 같았다.

"허허, 오늘은 내가 대조전에 잘못 온 것 같소이다." 왕은 느릿느릿 말을 이었다. 차분한 말투였지만 영원한 이별을 선언하는 것처럼 싸늘했다.

왕은 자리에 앉지도 않은 채 돌아서서 문을 나섰다. 왕비는 붉은 용포를 입은 왕의 뒷모습을 멍하니 바라보았다.

돌석은 퀭한 눈으로 상의원 공방 안을 둘러보았다. 코흘리개 햇병아리 시절부터 어침장이 된 최근까지 큼직큼직한 일들이 주마등처럼 뇌리를 스치고 지나갔다. 오직 하나만을 위해 살아온 인생이었다. 옷을 짓듯 한 땀 한 땀 공들여 만들어온 인생이었다. 그러나 지금은 그 인생의 정점에서 바닥을 알 수 없는 까마득한 심연으로 떨어진 것 같았다. 분하고, 원통하고, 치욕스러웠다. 상대는 한낱 저잣거리 애송이 바느질쟁이였다. 인정할 수 없는, 격이 맞지 않는 상대에게 당했다는 사실을 좀처럼 받아들일 수 없었다. 그러나 눈앞에 펼쳐진 사건들은 냉정한 현실이었고, 그것이 세상의 평가였다.

돌석은 선반 위에 진열된 잡다한 물건들을 쓸어버렸다. 그것은 자신의 삶을 지탱해준 동반자들이었다. 그동안 목숨보다 더 소중하게 다뤘던 분신들이었다. 가지런히 정돈된 옷감이며 의대며 장옷이며 가체며 면복이며 당혜며 병풍이며, 모든 것이 이제 소용없었다. 돌석은 정신이 반쯤 나간 사람처럼 온갖 잡동사니를 모두 집어 던져버렸다. 인생의 유일무이한 것이 사라지자 모든 것이 무의미했다.

"으아아아아아아아!"

돌석은 공방 한가운데 털썩 주저앉았다. 그때 열린 문밖에서 인기척이 났다. 돌석은 문틈 사이로 밖을 내다보았다. 누군가가 서 있었다. 공진이었다. 성벽 같은 침묵이 두 사람을 갈라놓았다. 분노로 씩씩거리는 숨소리만이 성벽을 타고 메아리쳤다.

"이렇게 될 줄 몰랐습니다."

"……"

유구무언이었다. 돌석의 눈빛만이 반짝였다. 그의 눈빛에서 치명상을 입고 더는 물러날 곳 없는 자의 편안함이 엿보였다. 그것은 이미 죽음을 받아들인 자의 눈빛이었다. 공진은 오금이 저려 자신도 모르게 뒷걸음질쳤다. 돌석은 공진의 뒷모습을 물끄러미 바라보았다. 공진은 상의원 뒷마당에 잠시 섰다. 높은 장대들만이 바람을 맞아 을씨년스럽게 소리를 내며 건들리고 있었다. 공진은 고개를 들어 장대 끝을 바라보았다. 지난 몇 달간의 기억이 아스라하게 지나갔다. 그 기억의 시작과 끝은 결국 왕비였다. 궐 밖에서 살던 시절의 기억과는 전혀 다른 기억이었다. 다시는 돌아오지 않을 꿈같은 기억이었다. 공진은 보자기에 정성스럽게 싼 관복을 마루 위에 올려놓았다. 그토록 혐오했던 관복이었지만 관복을 입고 나서야 꿈의 빗장을 열 수 있었다. 공진은 관복을 향해 숙연한 자세로 예를 올렸다. 천천히 뒷마당을 나서는 공진 앞으로 눈보다 흰 달빛이 떨어졌다.

후궁전은 궐의 적막을 걷어내고 환히 불을 밝히고 있었다. 왕은 술상을 앞에 두고 생각에 잠겼다. 씁쓸한 술을 털어 넣을 때마다 쓰라린 상처를 건드리는 것만 같았다. 얇은 주렴을 걷고 소의가 곁에 앉았다. 속살이 보일 듯 말 듯한 속치마 차림으로 소의는 왕의 빈 잔에 술을 따랐다.

"어침장에게 만들라 한 옷이온데, 마음에 드시는지요?"

"……"

왕의 눈은 술잔에 고정되어 있었다.

"전하, 아무래도 궐 안 단속을 좀 하셔야 할 듯하옵니다. 최근 이상한 소문을 들었사온데…."

"……"

왕은 무관심한 얼굴로 다시 술을 한잔 털어 넣었다.

"지난번 전하께서 사냥을 나가셨을 때 젊은 침선장 하나가 중전마마와 함께 궁궐 밖으로 나갔다 하옵니다. 이름이 아마 이공진이라고 하던가…." 소의가 애교 섞인 목소리로 말했다.

소의의 말을 들은 왕의 미간이 깊이 파이면서 짙은 눈썹꼬리가 치켜 올라갔다.

"게다가 얼마 전엔 중전마마께오서 궁녀들을 물리시고는, 그 자에게 직접 옥체의 치수를 재게 하였다는 망측한 소문마저 들리고 있사옵니다."

술잔을 든 왕의 눈에 핏발이 섰다.

편전 한쪽 의대 틀에 왕의 사냥복이 걸려 있었다. 왕은 한동안 아무 말이 없었다. 돌석은 편전의 바닥에 엎드린 채 조심스럽게 왕의 얼굴과 사냥복을 번갈아 바라보았다. 왕은 계속 제자리를 맴돌며 무언가를 골똘히 생각하고 있었다. 그러다가 갑자기 빠른 걸음으로 돌석을 지나 편전의 한쪽 구석으로 빠르게 걸어갔다. 이어서 칼집에서 칼을 뽑는 소리가 들리는가 싶더니 환도가 허공을 가르는 바람 소리가 뒤를 따랐다. 숨이 멎을 것 같았던 돌석은 고개를 바닥에 바짝 대고 납작 엎드려 눈을 질끈 감아 버렸다.

왕은 뽑아 든 칼로 의대 틀에 걸렸던 사냥복을 정신없이 내리쳤다. 한 번, 두 번, 세 번…. 칼을 휘두를 때마다 조각난 천들이 오색 눈송이처럼 허공으로 날아올랐다. 돌석은 왕의 얼굴을 바라보고 소스라치게 놀랐다. 살기등등한 표정이었다. 옷은 갈갈이 찢어져 편린들이 편전 안을 떠다니고 있었다.

"이놈이, 감히, 중전의 몸에…."

"으아아아아아아아! 아아아아아!"

왕의 입에서 고함소리가 터지더니 쨍하는 금속 소리가 이어졌다. 예리한 칼날이 의대 틀에 부딪치며 내는 소리였다. 기우뚱 의대 틀이 흔들리는가 싶더니 편전 바닥에 쓰러졌다. 바닥에 머리를 대고 있던 돌석은 의대 틀이 쓰러지는 소리에 귀가 멍멍했다. 고개를 든 돌석의 얼굴은 잿빛으로 변해 있었다.

"정말 어처구니없는 일 아닌가?"

"……"

영문을 몰라 돌석은 다시 머리를 조아렸다.

"그깟 옷 때문에 중전이라는 여자가…." 왕은 칼을 든 채 거친 숨을 몰아쉬며 말을 이었다.

"그런데 말이다…."

왕은 바닥에 떨어진 천 조각을 주워 들고 돌석에게 다가왔다.

"이 옷을 보고 있으면, 중전의 마음을 헤아릴 수 있을 것 같다는 것이다."

"……"

돌석은 여전히 입을 다물고 있었다. 끝없는 나락으로 추락하는 기분이었다. 눈앞에서 왕은 공진이 지은 옷을 산산조각 냈지만 왕이 내뱉은 말은 돌석의 마지막 자존심을 산산조각 내는 예리한 칼날이었다.

돌석은 아침 일찍 상의원에 나와 있었다. 그는 좀처럼 감정에 휘둘리지 않는 인물이었다. 그러나 이런 성격은 공진을 만나면서 달라졌다. 운명적으로 공진을 상대로 벌여야 했던 경쟁으로 돌석은 분노의 극단을 경험하고 있었다. 돌석은 간밤에 왕의 모습을 보고 동병상련의 감정을 느꼈다. 비록 자신은 의복을 짓는 일로 치를 떨었지만, 왕의 분노는 차원이 달랐다. 놀랍게도 공진은 왕의 여자로 왕을 극단적인 분노로 치닫게 했다. 돌석은 공진의 앞날에 먹구름이 잔뜩 끼었다는 것을 감지했다.

예상대로 왕은 이른 시간에 상의원을 찾았다. 왕은 의대에 걸린 용포를 바라보았다. 돌석은 왕의 뒤에서 허리를 낮게 굽힌 채 서 있었다. 왕은 천천히 몸을 돌려 돌석을 바라보았다.

"어침장. 내 그 자가 만든 용포가 입고 싶구나."

"……"

돌석은 왕의 의중을 헤아리기 위해 신경을 곤두세웠다.

"헌데 요즘 그자가 중전 때문에 바쁜 듯하니…." 왕은 말끝을 흐렸다.

"차제에 자네가 만들어줘야겠네. 누가 봐도 그자가 만든 용포와 감쪽같이 똑같아야 하네."

"알겠사옵니다."

돌석은 왕이 무슨 생각을 하는지 알 것 같았다.

"그걸 영의정이 내게 바쳤다고 하면 어떨까 하네만…"

왕은 당부의 말을 남기고 상의원에서 나갔다.

22. 폭풍전야

왕은 편전의 용상에 등을 기댄 채 눈을 감고 앉아 있었다. 왕은 저녁 수라상을 물린 후부터 이곳에서 여러 상황을 머릿속으로 차근차근 정리했다. 그러는 사이 편전 주위에는 짙은 어둠이 내려앉았다. 왕은 영의정을 필두로 한 신권을 견제할 방도를 찾아야 했다. 신하들은 날이 갈수록 오만방자해져 왕권을 기만하는 지경에 이르고 있었다. 천신만고 끝에 용상에 앉긴 했으나 대신들은 용상의 네 다리를 나눠 잡고 흔들고 있는 형국이었다. 마음 같아서는 견제가 아니라 아예 반항의 싹을 잘라버리고 싶었다.

그러나 상황은 만만치 않았다. 오히려 대신들은 집요하게 중전을 물고 늘어졌다. 후사 문제야 그렇다 치더라도, 왕비와 침선비를 둘러싼 갖은 소문은 그 진위를 떠나 대신들에게 제대로 먹잇감을 던져준 셈이었다. 왕은 중전을 생각하자 부아가 치밀어 올랐다. 궐이 정치로 시작해서 권력으로 끝나는 비정한 세상이라는 사실을 눈곱만치도 모르는 여자 같았다. 왕비가 무엇인가. 조선의 국모이자 내명부를 총괄하는 수장이 아니던가. 이런 사람이 사사로운 감정에 사로잡혀 대신들의 조롱거리가 되어버렸던 것이다.

왕은 영의정이 중전과 침선장을 엮어 자신을 흔들어대리라는 것을 잘 알고 있었다. 이런 약점을 오히려 역이용해야 저들의 숨통을 조일 수 있었다. 왕은 젊은 침선장을 대조전에서 본 직후에 마음을 굳혔다. 왕의 구도대로 이미 몇몇 수족은 은밀하게 움직이기 시작했다. 왕은 모든 상황을 생각대로 몰고 갈 수 있을 것 같았다. 다만 공진이라는 사내의 속내만큼은 정확히 헤아릴 수가 없었다. 그가 어떤 유형의 인간인지 파악할 이유도 시간도 없었다. 이 점이 마음에 걸렸다. 왕은 미심쩍은 이 부분을 돌석에게 맡겼다. 두 사람이 같은 공간에서 일한 데다, 돌석은 공진 때문에 권위에 큰 상처를 입지 않았던가. 게다가 돌석은 책임감이 강하고 입이 무거운 만큼 부여된 역할을 잘해내리라 판단했다. 전체적인 구도가 맞아 떨어지자 왕은 대전내관에게 내금위장을 부르라 명했다.

돌석은 의대 틀에 걸린 용포를 작업대로 옮겨놓고 그 앞에 앉았다. 궐의 생활이라는 것이 본시 바람 잘 날 없이 복잡하고 어수선한 것이기는 하나, 그런 어수선함이 이토록 직접적으로 자신의 인생과 엮인 것은 처음이었다. 돌석은 이제 더는 떨어질 바닥도 없다고 생각했는데 그게 아니었다. 자그마치 삼십 년 동안 의대를 지었다. 바늘에 찔리고 가위에 베이는 고통은 능히 견

될 수 있었다. 비록 고통 속에서 태어났지만, 새 의대는 늘 입는 이에게 기쁨을 주는 선물이었다. 그러나 왕이 만들라고 명한 의대는 누군가의 생명을 빼앗는 무기가 될 수도 있었다. 돌석은 한동안 작업대에 놓인 용포를 만지작거렸다. 양단간에 결정을 내려야 했다. 돌석은 마음을 다잡고 자신이 만든 용포를 뜯기 시작했다.

돌석은 도구들을 작업대 위에 가지런히 벌려놓았다. 불안한 기분이 좀처럼 진정되지 않았다. 그는 한동안 본의 아니게 공진과 의대를 놓고 경쟁하는 사이가 되었다. 그리고 그 경쟁에서 완벽하게 패했다. 이런 상황에서 그는 지금 공진의 옷을 똑같이 모방하는 작업을 하고 있었다. 게다가 이렇게 완성한 옷은 여차하면 공진의 목숨을 빼앗는 무기가 될 수도 있었다. 돌석은 공진과 혹시 전생에 철천지원수가 아니었나 하는 생각마저 들었다. 어쨌든 일을 시작했으니 최악의 상황이 닥치지 않기만을 바랄 뿐이었다.

돌석은 공진이 손본 적이 있었던 판수의 관복을 떠올리며 용포의 특징에 맞게 고치기 시작했다. 우선 해체한 용포를 부분별로 나누었다. 몸에 밀착되도록 각 부분의 끝단을 빠른 손놀림으로 과감하게 잘라냈다. 그리고 비단을 맞대 한 땀 한 땀 공들여 바느질을 시작했다. 비단의 붉은색을 바탕으로 돌석의 손은 더 험하고 투박해 보였다. 부지런히 손을 놀리던 돌석은 바느질을 완전히 끝낸 뒤에야 자리에서 일어섰다. 그는 공방 문을 열고 하늘을 바라보았다. 이미 자시가 넘어 있었다. 시원한 바람이 얼굴을 스치자 정신이 맑아졌다. 짝짝! 돌석은 정신이 번쩍 들도록 목덜미를 두 차례 세게 때리고 나서 다시 작업대에 앉았다. 용을 수놓은 흉배를 조심스럽게 용포에 달았다. 눈가에 땀이 흘러내렸다. 돌석은 작업을 마무리하고 붉은 용포를 허공에서 힘차게 펼쳐 작업대에 올려놓았다. 자신이 만든 용포였지만 이상하리만치 낯설었다.

취향루의 한쪽 방에서는 연달아 큰 웃음소리가 터져 나왔다. 취향루에서도 특별한 손님들에게만 내주는 가장 안쪽 내실에서 초저녁부터 술자리가 시작되었다. 궐의 실세 중의 실세인 영의정을 비롯해 병조판서, 이조판서, 한성판윤 등 구경회의의 핵심 인물 몇 사람이 술잔을 주고받았다. 취향루의 가장 어린 기녀 몇몇이 고관대작들 사이에 앉아 술시중을 들었다. 기녀들은 모두 젖가슴이 살짝 드러나고 속옷이 비치는 화려한 옷을 입고 있었다.

"자, 수고들 많으셨네. 한잔 쭉 드세나."

보료에 올라앉아 등받이에 느긋하게 몸을 기댄 영의정이 모처럼 웃음 띤 얼굴로 술을 권했다.

"다, 어르신의 지략 덕분이지요. 하하하."

병판이 기분 좋게 잔을 꺾더니 옆에 앉은 홍옥의 치마를 쓰다듬었다.

"너희들은 나가 있어라."

영의정이 손짓하자, 기녀들은 공손히 허리를 숙이고 일제히 물러났다.

"기녀들의 옷차림이 가관이군요." 밖으로 물러나는 기녀들의 모습을 빤히 바라보던 이판이 입을 열었다.

"하하하, 정말 가관이지 않은가. 바로 저 기녀들의 옷을 지은 자가 중전마마의 의대를 만들었다지 않는가." 병판이 장난스럽게 면박을 주었다.

"이판이야, 워낙, 학문의 세계에만 관심이 있으니 말일세." 한성판윤이 거들었다.

"그 말이 사실인가?"

"전하께서도 편전에서 환도를 휘둘러 그놈이 만든 옷을 산산조각 내셨다지 않는가."

병판이 이판의 잔에 술을 채웠다.

"소의께서 후궁전에 드신 전하께 상황을 전했더니 노발대발하신 모양일세. 모처럼 전하가 대조전에 들르셨는데 중전마마와 젊은 침선장이 얼굴을 마주하고 있었다니, 이게 말이나 되는 소린가?" 한성판윤이 병판의 말을 이어 받았다.

"자, 한잔 드시게."

영의정은 이판에게 술을 권했다.

"저번 진연에서 뜻밖의 상황이 벌어졌네만…."

영의정은 말을 끊고 이판의 얼굴을 바라보았다.

"중전마마는, 젊은 침선장 문제로 아주 어렵게 되었어. 쯧쯧쯧."

영의정은 의미심장한 표정을 지었다.

"지아비의 손길 한번 닿지 않았는데 말이야. 하하하."

병판이 웃음을 터트렸다.

"……"

이판은 병판의 웃음에 적잖이 당혹스러웠다.

"명분이 워낙 확실하니 이번엔 전하도 어쩔 수 없을 게야."

영의정은 독 안에 쥐를 몰아넣은 듯 목소리에 여유가 흘렀다.

"자네가 구경회의를 잘 좀 이끌어주시게나."

"병판이야, 후궁전 때문에 나서기가 그렇고. 한성판윤이야 육조 소속이 아니지 않은가."

영의정은 목소리를 낮추고 이판에게 은근히 압력을 가했다.

"자네가 조그만 힘을 보태면 조만간 병판은 부원군이 될 것이야. 아니 그렇습니까, 어르신." 한성판윤이 영의정의 말을 받았다.

영의정이 고개를 천천히 끄덕이며 잔을 들자 고관들도 술잔을 따라 들었다.

상의원 생활을 정리한 공진은 시장 통에 조그만 공방을 얻었다. 판수는 날아갈듯 기뻤다. 자신이 침선장으로 공진을 끌어들였는데 궁에서 벌어진 일로 마음고생을 시켰던 것이 줄곧 마음에 걸렸던 참이었다. 그는 혹여 공진이 옷 짓는 일을 그만두지나 않을지 노심초사하고 있었다. 공진이 마음을 잡고 궁 밖에서 옷을 만들면 떼돈을 벌리라는 것은 손바닥을 보듯 뻔했다. 도성 안 아녀자들에게 공진의 이름 석 자는 이미 잘 알려진 터였다. 무엇보다 고관대작의 부인과 궁녀들, 게다가 기녀들까지 공진의 옷을 찾았다. 문제는 돈이 있어도 공진이 지은 옷을 살 수 없다는 데 있었다. 판수는 틈나는 대로 공진을 구슬렸다. 공진이 옷을 짓기만 하면 돈방석에 올라앉기는 시간문제였다. 시대도 달라져 재산만 넉넉하면 양반 부러울 것 없는 세상이었다. 판수가 그동안 곁에서 지켜본 바로 공진이 옷을 짓는 데 천부적 재능이 있다는 것은 두말할 나위도 없었다. 하지만 공방의 운영은 또 다른 문제였다. 이 부분을 보완한다면 공진의 공방은 한양에서 제일가는 시전이 될 터였다.

그런데 어쩐 일인지, 공진은 공방을 열고서는 여인들의 옷을 짓지 않았다. 거리를 헤매는 헐벗은 아이들의 옷을 고쳐주거나 형편이 어려운 사람들에게 공짜로 옷을 지어주곤 했다. 공진의 성격을 아는 판수는 무슨 생각이 있겠거니 싶어 그저 관망하기만 했다.

"네 아비가 병으로 몸에 열이 많다기에 삼베 안감을 댔으니 시원할 것이야."

공진이 코 흘리는 아이에게 옷을 건네주었다.

"여기요."

아이는 계란 두 알을 내밀었다.

"오호. 이건 웬 거냐."

공진은 계란을 받아들고 아이의 머리를 쓰다듬었다.

"이러다가는 곧 망한다." 판수는 계란을 까먹으며 투덜거렸다.

종사관은 의금부 마당에 집결한 군사들에게 지침을 내렸다. 첫째 조는 대조전의 수색을 맡았다. 그들은 특히 왕비의 의대를 모두 수거하라는 명을 받았다. 둘째 조는 이공진이 상의원에서 일하던 공방을 수색하고, 그가 만든 의대들을 모조리 거두어들이라는 명을 받았다. 셋째 조는 공진의 시전을 수색하고 그를 잡아들이라는 명을 받았다. 종사관은 각 조의 지휘를 특별히 신뢰하는 부하들에게 맡겼다. 자칫 실수라도 하면 엄청난 후폭풍이 몰아칠 수도 있는 일이었다. 노련한 종사관은 사안이 왕의 용포와 연관된 중요한 일이니 만큼 증거를 확보하기 위해 눈썰미가 뛰어난 군사들을 차출해 배치했다. 종사관의 명령이 떨어지자 각 조는 신속하게 움직이기 시작했다.

지밀은 대조전의 선평문 앞에 도열한 의금부 군사들을 보고 깜짝 놀랐다. 직감적으로 큰 변고가 일어났음을 눈치 챈 지밀은 곧바로 왕비에게 달려갔다. 상의원에 들이닥친 군사들은 거침없이 수색을 시작했다. 침선장과 공인들은 상의원 뒷마당에 서서 발을 동동 굴렀다. 도대체 무슨 일인지 영문을 알 수 없었다. 눈치 빠른 공인 몇몇은 군사들의 굳은 표정을 보고 수군거렸다.

"혹시 역모 사건인가?"

"쓸데없는 소리! 입 잘못 놀리면 황천길이야."

나이 지긋한 침선장은 또다시 피비린내가 진동하는 것은 아닌지 걱정했다. 침선장의 말에 장인들은 온몸이 얼어붙은 듯 입을 닫았다.

공진의 시전 앞에 도열했던 군사들도 명령이 떨어지기가 무섭게 문을 부수고 안으로 들이닥쳤다.

"대역 죄인 이공진은 순순히 오라를 받으라."

공진은 양팔이 붙잡힌 채 마당으로 끌려 나왔다.

"네 이놈들, 내가 누군 줄 아느냐?"

판수가 공진의 앞을 가로막으며 나섰다. 군사들은 간단하게 판수를 밀치고 공진을 포박했다.

끌려가는 공진은 멍한 얼굴로 뒤를 돌아보았다. 판수와 시선이 마주치자 입가에 엷은 미소를 지었다.

23. 폭풍의 눈

의금부 앞마당에서 건장한 병졸들이 형틀에 묶인 공진에게 곤을 치고 있었다. 대곤이 바람을 가르며 공진의 볼기에 내리꽂힐 때마다 고통을 못 이긴 공진의 비명이 울려 퍼졌다. 그러다가 한 순간 고요한 정적이 찾아왔다. 혼절한 듯 축 늘어진 공진의 몸에 병졸 둘이 교대로 찬물을 들이부었다. 판수는 결박당한 채 근처에서 이 끔찍한 장면을 지켜보고 있었다. 그의 옆에는 모진 고문을 당해 눈의 초점이 풀린 여자 장인들도 있었다. 제조영감은 바람에 실려 피비린내가 훅! 끼치자 고개를 돌렸다. 종사관이 굳은 얼굴로 공진 앞에 앉았다.

"이놈! 진정 네놈이 지은 죄를 몰라 묻는 게냐?" 종사관은 얼굴을 바짝 들이대며 다그쳤다.

"대역죄라니! 언제 내가 전하를 해하려 했단 말이오!" 공진은 눈을 똑바로 뜨려고 애쓰며 간신히 대답했다.

"바른대로 고하지 못할까?" 종사관은 고함을 치며 공진의 머리채를 잡아 흔들었다.

"난 모르는 일이오. 억울하오." 숨을 몰아쉬며 대답하는 공진의 입에서 핏물이 흘렀다.

종사관은 쥐고 있던 공진의 머리채를 내팽개치듯 던져버리고는 뒤로 물러났다. 옆에 서 있던 병졸들이 다시 대곤을 들어 공진의 볼기를 치기 시작했다.

궐의 아침이 밝았다. 습기 없는 바람은 나뭇가지를 흔들며 궐 안에 고여 있던 공기를 날려버렸다. 왕과 왕비는 이른 시간이지만 이미 상의원에 가 있었다. 왕실의 보고로 불리는 상의원은 그 이름이 무색하게 난장판이 벌어져 마치 왜군에게 약탈이라도 당한 것 같은 형국이었다. 왕과 왕비의 표정은 물과 기름처럼 대조적이었다. 궐의 혼란을 앞에 두었지만, 왕의 얼굴에는 당황한 기색이 없었다. 어침장은 한쪽에서 허리를 굽히고 서 있었다. 잠시 후 밖이 소란스러워지더니 군사들이 들이닥치면서 얼굴이 피투성이가 된 사내를 끌고 들어왔다. 공진이었다. 모진 고문으로 의식이 가물가물해진 공진은 마치 쌀뜨물 속에서 눈을 뜬 것처럼 세상이 온통 뿌옇게 보였다. 그의 시야에 돌석의 얼굴이 희미하게 들어왔다. 돌석은 둥글게 말아놓은 고깃덩이처럼 부풀어 오른 공진의 눈두덩을 보자, 기겁을 하며 슬그머니 눈을 내리깔았다. 허리를 앞으로 내밀고 서 있는 왕 뒤로 왕비의 모습도 어렴풋이 보였다. 양옆에 서 있던 병졸들이 공진의 양쪽 어깨를 찍어눌렀다. 공진은 힘없이 무너지듯 바닥에 무릎을 꿇었다.

"중전이 어여삐 여기는 자라 하여 내 믿고 옷을 만들어 올리라 하였거늘…." 왕은 공진의 얼굴을 내려다보며 말을 이었다. "옷에서 독 묻은 바늘이 나오지 않았겠소?"

왕의 말에 왕비의 안색이 백납처럼 창백해졌다. 공진은 고개를 숙인 채 핏방울이 뚝뚝 떨어지는 머리를 가로저었다. 왕이 대전을 향해 손짓하자 대전이 쟁반을 가져왔다. 옥빛 쟁반에는 바늘 하나가 놓여 있었다.

"다행히 우리 어침장이 발견했기에 망정이지…."

공진은 믿을 수 없다는 표정으로 돌석의 두 눈을 노려보았다. 돌석은 눈길을 피하며 고개를 숙였다.

"정말, 저이가 만든 것이 분명하옵니까?" 왕비는 공진이 만들었다는 용포를 바라보며 물었다.

"그러하옵니다." 돌석이 고개를 숙인 채 대답했다.

공진은 고개를 젓고 또 저었다. 왕비는 말을 잇지 못했다. 공진은 왕비의 얼굴을 올려다보았다.

"아니옵니다. 소인이 만든 것이 아니옵니다. 소인이 만든 것이라면 옷깃에 분명 고사리 문양이 있을 것이옵니다."

왕은 공진의 말에 돌석에게로 눈길을 돌렸다. 돌석은 의대틀로 다가가 옷깃을 확인했다.

"문양이 있는가?" 왕이 물었다.

"없사옵니다." 돌석이 머뭇거리며 간신히 대답했다.

순간, 왕비와 공진의 얼굴이 밝아졌다. 왕의 시선은 계속 돌석을 향하고 있었다. 돌석의 이마에서 식은땀이 흘러내렸다.

"다른 옷도 확인해야 공평하지 않을까 하옵니다." 돌석이 허리를 숙인 채 아뢰었다.

"그리 하도록 하게."

왕비의 옷이 담긴 함들이 협탁 위에 줄지어 놓여 있었다. 돌석은 옷함 속의 옷들을 뒤적거리며 옷깃을 흘끔흘끔 살폈다. 눈앞에 보이는 옷깃에는 모두 고사리 문양이 박혀 있었다. 돌석의 머릿속은 왕비의 의대를 점검하는 시선과 겉돌면서 어떻게든 증거를 만들어낼 방법을 찾아 헤매고 있었다. 그러나 묘안을 찾지 못한 돌석은 결국 밀고 나가기로 마음먹었다.

"어찌… 있습니까?" 왕비가 초조한 목소리로 물었다.

돌석은 잠시 왕의 안색을 살폈다.

"소인이 살펴본바, 없사옵니다."

왕의 입가에 미소가 번졌다.

왕의 뒤쪽에 서 있던 왕비가 옷함으로 다가서서 진연에서 입었던 옷을 꺼내 들었다. 돌석은 난처한 표정으로 왕을 바라보았다. 왕비는 옷을 함 위에 펼치고 옷깃을 집어 올렸다. 왕은 왕비의 곁으로 다가서서 옷깃을 슬쩍 곁눈으로 내려다보았다. 그곳에는 인두로 새긴 고사리 문양이 선명하게 남아 있었다.

"여기…." 왕비가 기쁜 표정으로 왕에게 말을 꺼내려 했다.

"내 곰곰이 생각해보았소." 왕이 왕비의 눈을 똑바로 응시하며 말했다.

"누구의 사주를 받은 것도, 어느 당파에 속한 것도 아닌데, 어째서 일개 바느질장이가 일국의 왕을 죽이려 한 것일까?"

왕은 왕비에게 바짝 다가섰다.

"그러던 중에 중전과 저자에 관해 이상한 소문이 귀에 들어오지 않았겠소."

"……"

"중전!"

왕의 눈에 노기가 서려 있었다.

"설마 저놈과 한패였던 게요? 그래서 저놈을 감싸고 있는 게요?"

"……"

왕비는 쥐고 있던 옷을 맥없이 바닥에 떨어뜨렸다.

"소인 혼자 한 짓이옵니다." 공진의 목소리가 어색한 침묵을 갈랐다.

"소인, 어리석게도, 마마를 품에 안고 싶은 마음에 그랬사옵니다. 죽여주시옵소서!"

"말해보시오. 저 말이 사실이오?"

왕의 눈은 분노로 이글거리고 있었다.

"소첩…."

"마마께서는 아무것도 모르시옵니다." 공진이 왕비의 말을 자르며 대답했다.

왕은 공진과 왕비의 얼굴을 번갈아 보았다. 왕비는 말없이 시선을 하늘에 두었다. 공진이 애절한 눈빛으로 왕비를 쳐다보았다.

"소첩… 처음 듣는 일이옵니다."

"그렇구려. 과인이 공연히 중전을 의심했던 것 같소. 자, 이제 가보시오."

왕은 씁쓸한 미소를 지었다. 왕비는 비틀거리는 걸음으로 상의원 밖으로 걸어갔다. 왕이 공진에게 다가섰다.

"네놈이 혼자 벌인 일이다? 중전을 품고 싶어?"

공진이 고개를 끄덕였다.

"똑바로 고하거라. 누구의 사주를 받은 것이냐!"

공진은 왕을 올려다보며 희미하게 미소를 지었다.

"영의정이냐?" 왕이 언성을 높여 다그쳤다.

그 순간, 왕의 말에 왕비가 발걸음을 멈췄다.

"비겁합니다."

갑작스러운 왕비의 말에 상의원은 순간 찬물을 끼얹은 듯 정적이 흘렀다.

"아직도 궐 안에 전하의 것이 하나도 없다고 생각하시는 겝니까?"

왕은 대답이 없었다.

"전하께서 왕이 되시지 않기를 바란 적이 있었습니다."

"……"

"소첩이 간택되던 날, 전하께서 선왕전하를 쳐다보던 눈빛을 잊을 수 없었습니다. 하지만 소첩이 전하를 행복하게 해드릴 수 있으리라 생각했습니다. 내려놓지 못하시는 전하나 포기하지 못하는 소첩이나….”

“그만하시오.” 왕의 목소리가 싸늘하게 가라앉았다.

“우린 불쌍합니다. 지금 이런다고 무엇이 달라질까요?”

“중전!” 왕이 듣다 못해 소리쳤다.

“전하께서는 비겁하십니다.”

두 사람의 시선이 마주치면서 싸늘한 냉기가 흘렀다. 왕비는 고개를 숙인 채 몸을 돌렸다. 왕은 몸서리를 치며 공진의 얼굴을 차갑게 내려다보았다. 공진은 왕의 시선 따위는 아랑곳하지 않는다는 듯 입가에 미소를 머금고 있었다. 왕에게 그 미소는 왕의 권위를 조롱하는 독사의 혓바닥처럼 보였다. 왕은 머리끝으로 피가 솟구쳐 오르는 것 같았다.

“이놈이 짐을 시해하려 하였으니 국법에 따라 참형에 처하라!”

돌석은 돌로 뒤통수를 맞은 것처럼 정신이 아뜩해지며 온몸에 힘이 빠졌다. 그는 슬며시 공진을 바라보았다. 공진의 눈동자는 이미 인간세상에 대한 욕심을 놓아버린 듯 투명하게 비어 있었다.

닭 울음소리가 어스름을 가르며 울려 퍼졌다. 상의원에서 밤을 꼬박 새운 돌석은 새벽녘에 잠시 눈을 붙이려고 누웠다 닭울음소리에 잠에서 깼다. 그는 상의원 밖으로 걸어나가 뒷마당 평상에 걸터앉았다. 서늘한 냉기가 등을 타고 내려왔다. 어떻게든 공진의 목숨만은 살리고 싶었던 그는 깊이 생각에 잠겼다. 공진이 목숨을 부지할 방법이 무엇일까…. 하지만 뾰족한 묘안이 떠오르지 않았다. 이미 돌이킬 수 없는 상황이 되어버렸다. 날이 밝는 대로 돌석은 편전에 찾아가 왕에게 읍소하리라 마음먹었다. 공진의 입으로 영의정이 역모를 사주했다는 자백을 하도록 설득해보겠노라고 왕에게 사정하리라 다짐했다. 그것만이 공진을 살릴 수 있는 유일한 방법 같았다.

사시가 되자 돌석은 편전으로 향했다. 왕은 용상에 앉아 있었다. 돌석은 바닥에 엎드려 왕에게 어렵사리 말문을 열었다. 목석처럼 왕의 표정에는 아무런 변화가 없었다.

"아뢰옵기 황공하오나. 전하께 드릴 말씀이 있사옵니다."

"말해보거라."

"전하께서 윤허해주신다면, 이공진이 참형되기 전에 그자를 설득해보고 싶사옵니다."

"내 그자의 눈빛을 보고 짐작건대, 그것은 불가능한 일일 것일세."

"설득할 기회를 주시옵소서."

"어침장이 기어코 그리 해보고 싶다면…."

"성은이 망극하옵니다."

"성공한다면, 그자의 목숨만은 살려주겠네."

왕은 돌석의 시도가 성공하리라고는 기대하지 않는 듯했다.

공진은 흰 장막으로 가려진 임시 옥사에 갇혀 있었다. 돌석이 다가가자 공진이 고개를 들었다. 터질 듯 부어오른 그의 얼굴은 여기저기 피멍이 들어 전혀 딴사람 같았다. 그러나 텅 빈 눈동자는 아주 먼 곳을 바라보듯 초연하고 편안해 보였다.

"곧 대전이 와서 자네한테 다시 한 번 물을 걸세. 그러면 자네는 영의정이 시켰다고만 말하게. 아무것도 몰랐다고. 시키는 대로만 했다고…. 그러면 목숨만은 건질 수 있을 걸세."

공진에게 설명하는 돌석의 표정은 자못 비장했다.

"저는, 어침장님 손을 보면 그저 그냥 좋았습니다. 침선으로 이토록 상하고 망가진 손이 좋았습니다. 다른 사람은 몰라도 어침장님만은 저를 이해하고 믿어주실 거라고 생각했습니다. 그 용포 어침장님이 만든 겁니까?"

"넌 내 말을 들었어야 했다. 중전마마의 의대를 만들지 말았어야 했어."

공진을 나무라는 돌석의 얼굴은 누런 종이처럼 떠 있었다.

"저라면 그 용포, 밝은색 비단으로 지었을 텐데."

"바로 너의 그 오만함, 그 오만한 옷들이 우리를 이 지경으로 만들었어. 똥이 더러워서 피한다고 하더냐. 난 그 더러운 똥을 피할 수 없어 평생을 먹어야 했다."

"저의 오만한 옷들이 아니라 어침장님의 두려움이 우리를 이 꼴로 만든 겁니다."

"내 평생 바느질 하나에만 매달려 살아왔다. 헌데 네놈이 내 평생 이루고 싶었던 모든 것을 망치려고 했어. 바로 이 손으로 바꾸고 싶었던 꿈을! 내 인생을! 이…."

불끈 쥔 돌석의 주먹이 공진의 눈앞에서 떨리고 있었다.

"그래서… 그래서… 베꼈습니까?" 공진의 목소리도 덩달아 높아졌다.

"내가 바로 어침장이다. 주상전하의 의대를 만드는 바로 그 어침장이라는 말이다!"

"부디 어침장님 손에 부끄럽지 않은 옷을 만드셨으면 합니다."

"잘 들어라. 이 세상에 네 옷이 풀릴 일은 결코 없을 것이다. 이공진이라는 이름 석 자는 내 손으로 이 세상에서 모조리 지워 버릴 것이다."

사형장에 모여든 인파의 웅성거림 사이로 애절한 통곡과 절규가 들려왔다. 그러나 생사가 갈리는 처절한 절망의 장소인 사형대를 둘러싼 사람들의 행색은 놀랍게도 밝고 가벼워 보였다. 여인들이 입고 있는 치마의 문양은 자주, 연두, 분홍이 어울려 흡사 잘 가꾼 오월의 정원처럼 화려하고 생기가 넘쳤다. 저고리 기장도 짧아져 남정네들은 슬쩍슬쩍 여인네들의 속살을 엿보고 있었다. 공진이 지은 옷이 궁과 기방에서 알음알음 퍼져나가 새로운 옷의 본새를 만들어놓았고, 어느새 도성 안에 유행처럼 퍼져 있었던 것이다.

사형대에는 영의정과 제조, 상의원 장인 몇몇이 형틀에 묶여 있었다. 가면처럼 굳어버린 그들의 얼굴에는 이미 죽음이 그림자가 짙게 깔려 있었다. 이윽고 공진이 병사들에게 끌려 나와 사형대에 올랐다. 병사들은 능숙한 손놀림으로 공진을 형틀에 묶었다. 멀리 사람들 틈새에 서 있던 돌석은 묵묵히 공진의 모습을 지켜보았다. 한 줄기 시원한 바람이 북악산 기슭을 타고 불어와 그곳에 모여 있던 사람들의 옷자락을 흔들고 지나갔다. 공진의 뒤쪽에 있는 영의정의 모습도 돌석의 시야에 들어왔다. 인생사 새옹지마인가. 공진과 영의정은 각자 자신만의 방식으로 지금과는 다른 세상을 꿈꾸던 사람들이었다. 그러나 다른 것을 꿈꾸는 사람들이 늘 그러하듯 그들도 지금 변화를 원치 않는 세상에 보복을 당하고 있었다. 지키는 사람에게는 안온한 현실이 있었고, 바꾸려던 사람에게는 이루지 못한 꿈이 있었다. 꿈은 달콤했지만 현실은 차가웠다. 돌석은 지금까지 자신이 무언가를 바꾸려고 해본 적이 있었는지를 새삼 돌아보았다. 저들은 설령 달라진 세상이 지금보다 못한 것이 되더라도, 달라지기를 꿈꾸었던 사람들이었다. 돌석은 자신이 한없이 초라하게 느껴졌다. 그는 목을 타고 뜨겁게 올라오는 울음을 삼켰다. 그리고 고개를 높이 들어 멀리 우뚝 선 북악산을 바라보았다. 눈물이 고인 두 눈에 산봉우리가 일그러져 보였다. 저 산 봉우리처럼 달라지지 않으리라, 흔들리지 않으리라 다짐했다. 돌석은 입술을 깨물었다.

사형대에서 북소리가 울리고, 망나니가 서슬 퍼런 칼을 허공에 휘두르며 춤을 추기 시작했다. 입안에 머금은 술을 칼날에 뿜으며 형틀에 묶인 사람들을 차례차례 노려보았다. 시간이 멈춘 듯 갑작스러운 정적이 사형대 주변을 집어삼켰다. 화려한 원색 두루마기를 입은 역관도, 소매 좁은 도포를 입은 유생도, 항아리 모양 치마를 입은 기녀도 일제히 숨을 죽였다. 돌석은 몇 걸음 앞으로 나아갔다. 처연한 얼굴로 하늘을 올려다보던 돌석은 눈을 감은 채 고개를 숙였다. 망나니는 칼을 들고 공진을 향해 다가서더니 칼날을 높이 쳐들었다. 예리한 칼날에 햇빛이 반사되어 참수 현장을 바라보는 사람들의 눈을 찔렀다.

한 차례 피바람이 휩쓸고 지나간 궐에는 고요한 정적이 감돌았다. 대신들은 영의정의 목을 친 왕의 노여움이 아직도 남아 있을지 몰라 몸을 사리기에 급급했다. 이런 와중에도 왕의 성은을 받아 승계하는 신하도 있었다. 돌석도 그중 한 사람이었다. 그는 녹색 관복을 말끔하게 차려입고 대전 가운데서 머리를 조아리고 있었다.

"어침장 조돌석은 선대왕대부터 삼대에 걸쳐 왕실의 의대를 제작해온 공이 결코 적지 아니한바, 이에 종육품으로 가자(加資)하니 정근토록 하라."

대전내관의 목소리가 대전 안에 낭낭하게 울려 퍼졌다.

바닥을 짚고 있는 돌석의 거친 손은 마치 오한이 난 사람처럼 떨리고 있었다. 대전내관이 다가와 고이 접은 청색 관복을 돌석의 두 손에 올려놓았다. 돌석의 손바닥에 감격스러운 기운이 전해졌다. 오랜 세월 무수히 많은 관복을 지었건만 이 비단 관복만큼 감촉이 부드러운 적은 없었다. 돌석은 이제 여한이 없었다. 그는 바닥에서 고개를 살짝 들었다. 해오라기를 수놓은 관복의 흉배가 보였다. 순간 눈앞이 흐릿해지며 흉배 위에 눈물이 몇 방울 떨어졌다.

24. 남몰래 흐르는 눈물

대조전은 여기저기 널린 짐을 분주하게 정리하는 궁녀들로 소란스러웠다. 군사들이 한 차례 휩쓸고 간 대조전 구석구석에는 보이지 않게 상처들이 남아 있었다. 대조전은 오랜 세월 왕비의 정성이 배어 있는 궐 안의 작은 궐이었다. 그러나 이제는 단아함을 잃고 강풍에 휩쓸려 흉물스럽게 앙상한 뼈대만 남아 있는 것 같았다. 왕비는 창백한 얼굴로 넋 나간 사람처럼 문밖을 멍하니 내다보고 있었다.

"마마, 이것은…."

지밀은 왕에게 선물하려던 속곳이 든 상자와 공진이 만든 옷을 왕비 앞에 내밀었다.

"……"

왕비는 말없이 옷깃의 고사리 문양을 보았다.

"내다 버리도록 하게."

지밀과 궁녀들이 물건을 챙겨들고 밖으로 나갔다.

치맛단에 한 방울, 두 방울 눈물이 떨어지더니 왕비의 어깨가 격하게 들썩였다. 크고 작은 어려움으로 순탄치 않았던 궐내 생활에서도 좀처럼 눈물을 보이지 않았던 왕비였다. 그래서일까. 그동안 참아왔던 설움이 한꺼번에 터져 나온 듯했다. 왕비는 복받쳐 오르는 설움을 주체할 수 없어 소리 없이 눈물을 흘렸다. 눈물을 훔치던 왕비는 손수건에 수놓인 제비꽃을 보자 끝내 큰 소리로 울음을 터뜨렸다.

종육품. 틀림없는 종육품이었다. 그토록 애타게 꿈꾸던 출륙을 했으니 이제 번듯한 양반이 되었다. 분명 세상은 그대로였다. 그러나 신분이 바뀌자 세상이 다르게 보였다. 돌석은 청색 관복을 받고 집으로 돌아온 날, 잠을 이룰 수 없었다. 지난 몇 년 동안에도 셀 수 없이 많은 불면의 밤을 보냈다. 하지만 그것은 걱정 근심으로 지새우던 불면의 밤이었다. 관복을 받은 날도 잠이 오지 않았다. 침상에 누웠지만 시간이 흐를수록 정신은 점점 더 또렷해졌다. 날이 빨리 밝기만을 기다렸지만 시간은 거꾸로 흐르는 것 같았다.

돌석은 마당으로 나가 평상에 걸터앉았다. 멀리 보이는 하늘에는 북두칠성이 푸르게 빛나고 있었다. 북두칠성을 물끄러미 바라보자 갑자기 별 하나하나가 인연을 맺어 왔던 사람들의 얼굴처럼 보였다. 공진의 별, 제조의 별, 영의정의 별, 장인의 별…. 그들 모두가 자신을 내려다보고 있었다. 돌석은 몸을 떨며 길게 한숨을 내쉬었다. 그들이 떠나고 청색 관복이 남은 셈이었다. 하지만 아직 하나 더 남아 있는 것이 있었다. 심복인 대길에게조차 보여줄 수 없는 그것… 바로 자신이 베꼈던 옷들이 남아 있는, 공진이 쓰던 공방이었다.

그토록 원하던 큰 갓과 도포를 챙겨 입었건만 돌석은 남의 눈에 띌세라 홀로 은밀한 야음을 틈타 시장 안 골목길로 향했다. 몇 차례 길모퉁이를 돌아 돌석은 부서진 문짝 사이를 비집고 공진의 공방으로 들어섰다. 바닥에는 온갖 잡동사니가 어지럽게 널브러져 있었다. 발이 걸려 넘어지지 않도록 조심하면서 돌석은 소리 없이 방문을 열었다. 금방이라도 공진이 환하게 웃으며 어둠 속에서 걸어 나올 것만 같아 마음을 졸이며 돌석은 작은 대통에 든 화섭자를 불어 촛불을 켰다. 몇 개의 의대 틀이 하얀 천으로 덮여 있고 그 위로 뽀얀 먼지가 쌓여 있었다. 돌석은 천을 잡아당겼다. 그러자 돌석 자신 말고는 이 세상 그 누구도 본 적이 없는, 미완성 상태의 옷과 그 옷을 만들기 위해 그린 초벌 그림들이 드러났다. 거기에는 돌석이 소의의 진연복을 만들기 위해 베꼈던 옷도 들어 있었다. 태워버려야 했다! 아무도 볼 수 없도록, 영원히 자기만이 알고 있는 비밀로 남도록 증거물을 불태워버려야 했다! 돌석은 옷과 부속과 그림 들을 모두 부엌으로 옮겼다. 그리고 아궁이에 불을 피운 다음, 하나씩 하나씩 불속에 집어던졌다.

아궁이 속에서 공진의 그림들은 환하게 빛을 발하며 타버렸다. 그리고 벌건 잉걸불이 되어 이글거리다가 검은 재가 되어 바스라졌다. 돌석은 옆에 놓여 있던 옷을 하나씩 살펴보며 아궁이에 던져 넣었다. 불붙은 옷은 빛을 발하며 타버렸고 돌석의 검은 눈동자에서도 불길이 일렁였다.

조선에서 가장 고급스럽고 화려하다는 왕비와 세도가 부인들의 옷, 아무리 눈부신 옷도 주인이 없으니 순식간에 한 줌도 되지 않는 재로 변했다. 돌석은 이런 옷의 운명을 누구보다도 잘 알고 있었다. 계절에 춘하추동이 있듯이 옷의 인생에도 사계가 있었다. 그러나 공진은 기껏해야 봄과 여름에 해당하는 옷을 짓고는 세상을 떴다. 돌석은 봄과 여름의 옷뿐 아니라 가을과 겨울의 옷도 무수히 만들었다. 백색의 상복이야말로 겨울의 옷이자 사라지기 위해 짓는 옷이었다. 화려한 봄과 여름의 옷들이 꽃을 피우지도 못한 채 눈앞에서 사라져가자 돌석은 마치 눈앞에서 공진의 인생을 보고 있는 것만 같았다. 눈시울이 갑자기 뜨거워졌다.

'저, 고사리 문양….'

돌석은 옷깃의 고사리 문양이 타들어 가는 것을 보자 사형대에서 처연하게 눈을 감던 공진의 모습이 떠올랐다. 돌석의 시야가 흐려졌다. 돌석은 옆에 놓인 또 다른 옷을 집어 들었다.

'이것은 도포 아닌가?'

남자의 옷이었다. 돌석은 아궁이에 옷을 던져 넣으려다 멈칫했다. 그리고 자리에서 일어나 옷을 펼쳐보았다.

'옥색 비단 도포다….'

'옷고름의 금실, 허리끈에는 방울….'

돌석은 혼잣말을 하며 허리끈에 달린 방울을 만지작거렸다. 갑자기 돌석의 가슴속에서 뜨거운 무언가가 치밀어 올랐다. 어디선가 공진의 목소리가 들려왔다.

'양반 되는 날 말하세요. 이 몸이 옷 한 벌 쨍하게 만들어 드릴라니까.'

또다시 공진의 목소리가 들려왔다.

'생각해보니 어침장님이 말한 옷이 더 좋은 것 같습니다.'

돌석은 쏟아지는 눈물을 참을 수 없었다. 소리 내어 엉엉 울고 싶었다. 하지만 그럴 수 없었다. 그랬다가는 누군가가 자신의 비밀을 알아차릴 수도 있었다. 억누르고 또 참아보았다. 어금니도 깨물어보았다. 그래도 터져 나오는 울음을 막을 수 없었다. 아궁이에서 넘실대는 벌건 불빛 속에서 돌석은 그렇게 소리 없이 어깨를 들썩였다.

상의원

1판 1쇄 발행일 2014년 12월 24일

글 | 남도현
원안 | 김수진
원작 | 이병학
저작권 | (주)와우픽쳐스 · (주)영화사비단길
펴낸이 | 임왕준
편집인 | 김문영
디자인 | 김미리
마케터 | 이하규
펴낸곳 | 이숲
등록 | 2008년 3월 28일 제301-2008-086호
주소 | 서울시 중구 장충단로 8가길 2-1
전화 | 2235-5580
팩스 | 6442-5581
홈페이지 | http://www.esoope.com
블로그 | http://esoope.blog.me
Email | esoope@naver.com/esoopbook@daum.net
ISBN | 979-11-85967-04-2 03810

▶ 이 도서의 국립중앙도서관 출판시도서목록(CIP)은 e-CIP홈페이지(http://www.nl.go.kr/ecip)와 국가자료공동목록시스템(http://www.nl.go.kr/kolisnet)에서 이용하실 수 있습니다.